中國語言文字研究輯刊

二六編

第 **2** 冊

訓詁續筆（中）

富金壁 著

花木蘭文化事業有限公司

國家圖書館出版品預行編目資料

訓詁續筆（中）／富金壁 著 -- 初版 -- 新北市：花木蘭文化
事業有限公司，2024〔民 113〕
目 2+158 面；21×29.7 公分
（中國語言文字研究輯刊 二六編；第 2 冊）
ISBN 978-626-344-598-7（精裝）
1.CST：訓詁學
802.08   112022484

ISBN-978-626-344-598-7

中國語言文字研究輯刊
二六編　　第 二 冊　　　　　　　　ISBN：978-626-344-598-7

訓詁續筆(中)

作　　者　富金壁
總 編 輯　杜潔祥
副總編輯　楊嘉樂
編輯主任　許郁翎
編　　輯　潘玟靜、蔡正宣　美術編輯　陳逸婷
出　　版　花木蘭文化事業有限公司
發 行 人　高小娟
聯絡地址　235 新北市中和區中安街七二號十三樓
　　　　　電話：02-2923-1455／傳真：02-2923-1452
網　　址　http://www.huamulan.tw 信箱 service@huamulans.com
印　　刷　普羅文化出版廣告事業
初　　版　2024 年 3 月
定　　價　二六編 16 冊（精裝）新台幣 55,000 元

訓詁續筆（中）

富金壁　著

目次

語詞雜考

一、世世洴澼絖

　　　　《莊子‧逍遙遊》:「宋人有善為不龜手之藥者,世世以洴澼絖

　　　為事。」

　　晉郭象注:「其藥能令手不拘坼,故常漂絮於水中也。」成玄英疏:「世世,
年也。」郭注、成疏值得重視,且下文有「我世世為洴澼絖,不過數金」語。
如解「世世」為「代代」,不甚合理:收入鮮有以世代計者。「世」有年義,如
《史記‧淮南衡山列傳》:「萬世之後,吾寧能北面臣事豎子乎!」《漢書‧食貨
志》:「世之有饑穰,天之行也,禹湯被之矣。」

　　洴(píng),浮;澼(pì),在水裏漂洗。絖,同纊,絲絮。洴澼絖,即「漂
絮」,漂洗絲絮。但北方人仍不得要領。成玄英疏:「宋人隆冬涉水漂絮以作
牽離。」「牽離」乃絲絮之別名,也叫繭。《釋名‧釋彩帛》:「繭曰幕也,貧者
著衣可以幕絡絮也。或謂之牽離,煮熟爛,牽引使離散如綿然也。」繭,後作
「襺」。《廣雅‧釋器》:「襺,絖也。」王念孫疏證:「《說文》:『纊,絮也。或
作絖。』《小爾雅》云:『纊,綿也,絮之細者曰纊。』」是蠶繭煮熟後,扯出
其絲,並在水裏漂洗。此為蠶絲加工之重要工序,費時費工,多由婦女從事。
《史記‧淮陰侯列傳》飯信之漂母即為此「洴澼絖」事,故須帶午飯,又可
「竟漂數十日」;甚至要延續到秋末初冬,故「洴澼絖」者手易皸裂。東漢趙

曄《吳越春秋·王僚使公子光傳》載「子胥……適會女子擊綿於瀨水之上」，從其乞食；《越絕書·荊平王內傳》作「擊絮」。「擊綿、擊絮」亦此「洴澼絖」之類事也。又作「漂絮、漂絖」。宋高似孫《緯略》卷十一：「漂絮，擊絮也。宋景文公詩：『藥有不龜方，擊絮管無妨。』」宋黃庭堅《戲答史應之三首》之二：「收得千金不龜藥，短裙漂絖暮江寒。」清周亮工《書影》卷八：「縈桑餓夫，倒戈以衛宣子；漂絮老嫗，進食而哀王孫。」

二、微臣

《今晚報》5 月 26 日載劉琦文《「微臣」質疑》，謂近年上演的古裝電視劇，在君臣對話中，大小官員總是口口聲聲地自稱「微臣」。謂此詞貌似文言，實因誤聽舊戲曲中的「為臣」而誤會，從而生造出來一個假文言「微臣」。

此推測頗嫌武斷。古來臣下對君王說話，往往稱己為「微臣」。如《後漢書·李固傳》載時為平民的李固對策順帝：「臣所以敢陳愚瞽，冒昧自聞者，倘或皇天欲令微臣覺悟陛下，陛下宜熟察臣言，憐赦臣死。」自稱「臣」，又自稱「微臣」。《晉書·張華傳》：「（馮）紞稽首曰：『陛下既已然微臣之言，宜思堅冰之漸。』」《宋書·謝晦列傳》載大臣謝晦上宋太祖疏：「伏願陛下遠尋永初託付之旨，近存元嘉奉戴之誠，則微臣丹款，猶有可察。」《南齊書·顧歡列傳》載顧歡稱「山谷臣」，上表齊太祖：「伏願稽古百王，斟酌時用，不以芻蕘棄言，不以人微廢道，則率土之賜也，微臣之幸也。」《梁書·孔休源列傳》載謝舉對高祖評孔休源：「此人清介強直，當今罕有。微臣竊為陛下惜之。」《陳書·周宏正》載周宏正啟梁武帝：「伏願聽覽之閒，曲垂提訓，得使微臣鑽仰。」《魏書·獻文六王·彭城王列傳》載始平王加侍中征西大將軍勰謝世宗語：「陛下孝深無改，仰遵先詔，上成睿明之美，下遂微臣之志。」《明史·姜日廣列傳》：「微臣觸忤權奸，自分萬死。」其例不計其數。「微臣」實在是個真文言。

三、矛、戈、戟

《論語·季氏》：「而謀動干戈於邦內。」王力《古代漢語》注：
「戈，古代用來刺殺的一種長柄兵器。」這是不明矛、戈之別。
《說文·矛部》：「矛，酋矛也。建於兵車，長二丈。」《戈部》：「戈，平

頭戟也。」「戟，有枝兵也。」很精確扼要地點出了矛、戈、戟三者的不同特點及其區別。《尚書·牧誓》：「稱爾戈，比爾干，立爾矛，予其誓。」《詩·秦風·無衣》：「王于興師，修我戈矛。」「矛」字在《十三經》中用了 17 次，而「戈」字用了 87 次（其中《左傳》用了 44 次），說明殷周時期（特別是春秋時期）主要的進攻性武器是矛、戈（干是盾牌），而尤以戈為主。《詩·秦風·無衣》又說「王于興師，修我矛戟」，「戟」字在《十三經》中用了 14 次，其中《左傳》只用了 5 次，可以說明戟是在矛、戈之後（大約是春秋時期）產生的武器。

從情理上說來也是如此。古代用來刺殺的長柄兵器是矛，而戈之起殺傷作用的突出部分名援，勾鐮形，援上下皆刃，用以舂擊、啄擊和鉤殺。《左傳·文公十一年》：「冬十月甲午，敗狄於咸，獲長狄僑如。富父終甥舂其喉以戈，殺之。」此為以戈援上刃舂殺。又《昭公元年》：「子晳怒，既而囊甲以見子南，欲殺之而取其妻。子南知之，執戈逐之。及沖，擊之以戈。子晳傷而歸。」此為以戈援之尖啄擊。這種啄擊的殺傷力相當大，如《昭公二十年》：「及閎中，齊氏用戈擊公孟，宗魯以背蔽之，斷肱，以中公孟之肩，皆殺之。」齊氏一戈揮去，擊斷了以己之背遮蔽公孟的宗魯之肱（臂膀），而擊中公孟之肩，而「皆殺之」，可見戈揮擊時的殺傷力。又《昭公二十六年》：「苑子刜林雍，斷其足。」此則以戈援下刃橫掃，可斷人足。戈援下刃叫「胡」，可以以胡鉤殺，所以戈又叫「鉤兵」。《周禮·冬官考工記·冶氏》「短內則不疾」鄭玄曰：「戈，勾兵也。主於胡。」《古今圖書集成·明倫彙編·人事典·命運部》載春秋齊崔杼用兵器威脅晏嬰：「直兵造胸，勾兵鉤頸。」這「造胸」的「直兵」指矛，「鉤頸」的「勾兵」就指戈。此外，攻城時還可以以戈援勾搭土牆以助攀登。戈既然可以「一物多用」，故自殷周乃至春秋時期，戈是一種軍中普遍使用的武器。《淮南子·覽冥》：「魯陽公與韓構難，戰酣日暮，援戈而撝之，日為之反三舍。」這當然是神話，但因為氣魄恢宏，後來成為著名的典故「魯陽戈」，以謂力挽危局的手段或力量。大約在春秋後期，人們綜合矛與戈之特點，加以改造，給戈加上了鋒利的直刃與尖杈，而成為戟，使其既能刺又能啄，更增加了殺傷力。《左傳·襄公二十三年》載晉欒氏之亂，欒樂之車「乘槐本而覆（壓上了槐樹根而翻倒），或以戟鉤之，斷肘而死」，足見戟之威力。

大約到戰國時期戈就基本被戟取代了。秦漢之際，乃至於魏晉三國之後，戟更是長盛不衰。據《史記》，那「力拔山，氣蓋世」的項羽便是使戟，《三國演義》中那「馬中赤兔，人中呂布」也是使戟。

四、尚友

《孟子・萬章下》：「孟子謂萬章曰：『一鄉之善士斯友一鄉之善士，一國之善士斯友一國之善士，天下之善士斯友天下之善士；以友天下之善士為未足，又尚論古之人——頌其詩，讀其書，不知其人，可乎？是以論其世也。是尚友也。」

趙岐注：「好善者以天下之善士為未足極其善道也。尚，上也。乃復上論古之人……讀其書者，猶恐未知古人高下，故論其世以別之也。在三皇之世為上，在五帝之世為次，在三王之世為下。是為好上友之人。」

按，尚，好也，重也。「尚論古之人、尚友」之「尚」，皆「好尚」（愛好和崇尚）之意。趙岐注「尚，上也。乃復上論古之人」之「上」與「好上友」之「好上」，皆為「好尚」之意。以「上」有崇尚義（《左傳・桓公八年》：「季梁曰：『楚人上左，君必左，無與王遇。』」《管子・問》：「授事以能，則人上功」），故趙岐注「尚，上也。」「上」非「上下」之「上」，「尚友」亦不能理解為「上與古人交友」：因整段之意，是說好善者必好與天下古今之善士交友。如以趙岐注「上友」連讀而以為「上與古人交友」，則與整段文意不合。

且趙岐注「在三皇之世為上，在五帝之世為次，在三王之世為下」，是解釋孟子「論其世」句，謂與古人交友，當審知其人：分世之上下「以別之也」；而論者以「尚論古之人」之「尚」即為「在三皇之世為上」之「上」，則孟子謂與古人交友，豈必在三皇之世者乎？

因不理解《孟子・萬章下》此段專講崇尚交友之道，不知「是尚友也」一句乃是全段之總結語，而誤以為該句專承「又尚論古之人——頌其詩，讀其書，不知其人，可乎？是以論其世也」一層為言；亦因誤解趙岐注「尚，上也」為「上下」之「上」，「好上」即「好尚」，故一般皆以「尚友」為「上與古人為友」。如楊伯峻《孟子譯注》譯為「追上去與古人交朋友」，臺灣屈萬里《尚書釋義・敘論》以為「《孟子》言『尚論古之人』，言『尚友』，尚字亦皆有上溯古昔之意」。又重要辭書《辭源》、《中文大詞典》、《漢語大詞典》釋「尚

友」皆同。以後者為例：

> 【尚友】1. 上與古人為友。《孟子·萬章下》：「以友天下之善士
> 為未足，又尚論古之人；頌其詩，讀其書，不知其人，可乎？是以
> 論其世也，是尚友也。」宋朱熹《陶公醉石歸去來館》詩：「予生千
> 載後，尚友千載前。」清昭槤《嘯亭雜錄·滿洲二理學之士》：「近
> 日士大夫皆不尚友宋儒，雖江浙文士之藪，其仕朝者無一人以理學
> 著。」2. 指與高於己者交遊。明李贄《覆耿中丞書》：「僕尚友四方，
> 願欲生死於友朋之手而不可得。」

其實，這兩個義項完全可以並為一個：崇尚交友。因上述誤解，以「尚友」為
「上與古人為友」，故於朱熹、昭槤兩人與古人為友之例尚可勉強附會，於李
贄與今人交友例就捉襟見肘了，故只好改為「指與高於己者交遊」，實則因誤
而致誤。

目前網絡語言亂象九事

正如當前官場充斥貪贓腐敗、市場充斥偽劣假貨一樣，網絡語言也充斥髒污混亂。略有九事，謹陳之如下：

一、滿口是「逼」

中國鄉間、市井之「國罵」，歷來多以直呼女性生殖器官來侮辱對方女性長輩，藉以侮辱對方。幾十年前，匹夫匹婦，婦姑勃谿，村夫互毆，此類國罵常可充耳。彼時無網絡，出版物如小說上，由於粗人過多，難登大雅之堂的粗話，也習以為常，但常被用「×」代替之，也算表現了編輯的羞惡之心，文雅讀者看了也不至於太刺眼。此外，國人鄉間或市井之徒之俗語，還把「神氣」「排場」「驕傲」「目中無人」等行為叫「牛×」。人管「說大話」叫「吹牛」或「吹牛皮」——而某些人更願說成「吹牛×」。近幾十年來，社會文化、文明程度有所提高，以女性的生殖器官來侮辱對方的「國罵」，於市面坊間，本已很少聽到。「牛×」「吹牛×」之類粗話，也略有減少。但自網絡興起以來，不管何等文化程度，哪怕小學輟學者，只要會打字輸入，都可在網絡上「冒泡」，滿足言論發表的虛榮心；更有甚者，不管文化修養如何，只要大學畢業，就可心安理得當網編。而寫手、編者沆瀣一氣、臭味相投，於是網絡上粗話、髒話連篇，也就不足為怪。不過能說明當下寫手、網編還有點羞惡之心者，就是他們有一個很可惡的「創造」：把人們深知底裏的「牛×」換一個諧音字，成了

「牛逼」，從而給這個古人所謂「出於牧豬奴之口」的詈語加上了一塊遮羞布，讓人們忽略了其後侮辱女性的惡毒、醜陋面目，讓它也大模大樣登上了大雅之堂。於是常人不論，即使少婦淑女、教授文人，也毫無顧忌，大說「牛逼」（實際即是「牛×」），不以為恥，反以為時髦！最近網絡上還可看到這樣的大字標題：「最牛逼的短句，看了你也牛逼」！不知道編者是哪個野雞大學畢業？這種風氣，甚至影響了某些「文雅」的作品。如介紹某位文化名人，編者竟然敢說：「最牛逼的是，他懂得多種外語」！更有耍小聰明者，大概自知「牛逼」不雅，給換成了近音字，又創造「牛掰」一「詞」：他介紹某位著名學者，說「看了他的作品，你才會知道，他有多麼牛掰」！真是花間曬褌、清泉濯足，煮鶴焚琴，大煞風景，令人作嘔！

語言的瘟疫是會傳染蔓延的。既有人說「牛逼」或「牛 B」，便有更狡黠、更有創造性、更善於聯想的，把超短裙、超短女褲叫「齊 B 短裙」「齊 B 短褲」，管女性緊身褲叫「擠 B 褲」；兩個女人打架、互相揭短，叫「撕逼」（有網絡遊戲，叫「一場牛逼的撕逼大戰」）；裝蒜，叫「裝逼」；矇頭轉向，叫「懵逼」——此類人不知吃錯何藥，對「逼」情有獨鍾，幾乎無「逼」不語，滿口是「逼」！

網絡上低層次者說此類污穢語，不足為怪；可怪者，竟有所謂「編輯」給作注、提供合法性。這些網編，自稱「小編」，網友鄙稱「小辮」，恐怕亦泥沙俱下，魚龍混雜。其水平不敢恭維，卻偏好媚俗多事。如在 360 度搜索中可查到《網絡詞典》：

牛逼　所屬類別：方言

又寫作牛 B、NB、牛掰、牛 X、流弊，生活習語，形容對方行為上或者認識上的一種狀態，多指出語者的發自內心的感歎，讚賞很厲害、很彪悍的意思。

基本信息：

中文名稱：牛逼　外文名稱：niubility　類別：北方方言　種類：生活習語
詞性：褒義詞

牛掰

牛掰的意思大約有幾種：第一種就是很強悍，感歎詞；第二種是感覺某人或事件很了不起，出乎常理非同凡響而發出的感歎之詞。

中文名：牛掰　含義：很強悍　原類型：感歎詞；褒義詞　現類型：髒話

撕逼

網絡熱詞，原意指女人與女人之間的鬥爭。現在也可用來形容雙方互相攻擊揭短、發生罵戰的現象。撕逼是指無下限的揭短謾罵。逼是逼迫、威逼的意思。

一般指通過撕纏謾罵，威逼對方就範。當然，有時也含有揭露對方隱私的意思。外文名 catfight

屬性：網絡熱詞　貶義詞

服務真是周到：連「牛逼」的英文名稱都給確定了，大有向世界宣揚「中國文化」的架勢！真想問問這些同事們（我們都是語言工作者）：如果有外國朋友問起中國話中的你們詮釋的這些「詞語」，你們如何面對？如何溯源？是否會為此而赧顏？你們無力清除這些語言垃圾，置之不理，任其自生自滅可也，何必自作聰明，為其編入「詞典」，加以桂冠，賜以嘉名，而助紂為虐乎？

前兩天在網上看見新華社一個通知，不知真偽：

新聞媒體和網站應當禁用的 38 個不文明用語：裝逼、草泥馬、特麼的、撕逼、瑪拉戈壁、爆菊、JB、呆逼、本屌、齊 B 短裙、法克魷、丟你老母、達菲雞、裝 13、逼格、蛋疼、傻逼、綠茶婊、你媽的、表砸、屌爆了、買了個婊、已撸、吉跋貓、媽蛋、逗比、我靠、碧蓮、碧池、然並卵、日了狗、屁民、吃翔、XX 狗、淫家、你妹、浮屍國、滾粗。

姑且信以為真吧：低素質者造出來的低俗語，自然應該在被禁之列——某些人終於「有所作為」了！這正如同有人在公眾場合、公共場所隨地吐痰、大小便一樣，其人素質如此，勸告是無用的，只能由行政部門嚴令禁止。

二、到處亂「懟」

懟，繁體字為「懟」，古漢語中是「怨恨」之意。《漢語大詞典》舉例為：《左傳‧僖公二十四年》載晉文公臣介子推逃祿事：「其母曰：『盍亦求之？以死，誰懟？』」《孟子‧萬章上》：「如告，則廢人之大倫，以懟父母，是以不告也。」

「懟」可組成雙音詞，如「怨懟」，怨恨之意，舊文人偶或使用。可以說，「懟」在現代漢語中已經基本死亡。而上世紀五十年代的漢字簡化運動，鬼使神差般，竟然給「懟」造了個簡化字「懟」（不知是哪個高人的主意），實際

上幾十年來現代人多不用此字，是個十足的生僻字。不料近幾年來，它卻如借屍還魂，奇蹟般活躍起來，意思也似乎變了：好像是頂撞、對付、爭吵、作對——大概淺學者因此字中有聲旁「對」而望文生義——簡直生拉硬扯、胡編亂造！又不知「始作俑者」是哪位無知而無畏者？敢出來報個尊姓大名，說說你這樣用字的根據麼？

看看現代網絡上的高人是如何「創造性地」使用本來當「怨恨」講的古語詞「懟」的吧！甚至把這個自己也沒弄懂的詞搞到國際評論上去了：

1. 遇到麻煩不要慫，就是懟。
2. 沙特為了對懟胡賽武裝，不得已開始學習美國：尋找代理人和胡賽對打。
3. 有美帝在，蘇聯不敢硬懟我們；有蘇聯在，美帝也不敢硬懟我們。
4. 美國務院發言人這樣懟俄媒：一臉嫌棄，直接轉身走人。
5. 聯合國會議上美蘇互懟，中國把美蘇兩國都懟了。
6. 馬斯克描繪火星生活，順便懟了川普。

簡直能使人崩潰：何來此語？你們偏愛古漢語，希望在話語中使用些許古漢語詞，以顯示文化修養，心情當然可以理解。可是古漢語詞有其固定意義、固定用法，隨意亂用，不僅表現了無文化、低素質，也暴露了輕視傳統文化、誤以為古語詞可以隨手拈來隨意亂用的輕浮學風。更重要者，這種濫用容易在浮躁低俗的社會風氣中，蠱惑無知者而謬種流傳，擾亂傳統文化，貽害後代。我衷心希望，習慣誤用「懟」的青年朋友（我相信在濫用「懟」的人群中，不會有文化層次較高而且不太熱衷於跟風的老者），改邪歸正，不要亂「懟」下去了！害己誤人，貽笑大方，使古人瞠目於九泉，老外迷茫於四海，而己卻不自知陋，豈不悲哉！

三、不會用「其」

其，常用為古漢語第三人稱代詞，他或他們。其使用特點是：只能作詞組或小句的主語，而不能作獨立句子的主語。如可以說：哀其不幸，怒其不爭，而不能單說「其不幸」，「其不爭」；又如可以說：余嘉其能行古道，而不能單說「其能行古道」；可以說：命其星夜馳赴京師，而不能單說「其星夜馳赴京師」——古人是從不犯此類錯誤的。

而今人仿古人造句，往往如上述誤句，以司法文告為多。如：

1.《杭州保姆縱火案判決書》:「為繼續籌集賭資,其決意採取放火再滅火的方式騙取朱小貞的感激以便再向朱小貞借錢。」

2. 寧國……四十多歲的孫某,無家無業,平日裏游手好閒,幹些偷雞摸狗的行當,其曾因盜竊罪入獄。

3. 上述裁判發生法律效力後,宋×以其與黃某某是合作關係,借款與擔保是兩人之間約定的特殊合作方式,其參與了公司的日常經營管理活動……

司法界寫手們,請注意了!

四、「堪憂」前多加「令人」

堪,意為「可」,「堪憂」即「可憂」。我們不說「令人可憂」,只說「令人憂慮」,「令人憂慮」即是「可憂」。同理,「堪憂」前面若再加「令人」,就等於「令人可憂」,疊床架屋,反成語病。網上多此類病句:

1. 中國食品狀況令人堪憂。

2. 農村青年婚戀狀況令人堪憂。

3. 看到畢福劍狀況令人堪憂。

改正方法有二:一是去掉「令人」二字,二是把「堪憂」改成「憂慮」。

五、該用「不齒」,卻用「不恥」

不恥,是「不顧羞恥」或「不以為恥」。《史記·魏公子列傳》:「天下諸公子亦有喜士者矣,然信陵君之接巖穴隱者,不恥下交,有以也。」常說「不恥下問」,即不認為向地位、學問不如自己的人虛心請教有失體面。

而「不齒」之「齒」,本是「牙齒」之意。引申指歲數,又引申指類別、並列,「不齒」,則表示不屑於與之同列,不願意提到,表示極端鄙視。如:

1. 唐韓愈《師說》:「巫醫樂師百工之人,君子不齒。」

2. 清蒲松齡《聊齋誌異·雲蘿公主》:「侯賤而行惡,眾咸不齒。」

而今人常在該用「不齒」時,使用「不恥」,蓋因其常聽說「不齒於人類」這種說法,卻很少看書,誤以為當寫作「不恥」。如:

1. 對曰:此人以霸王同鄉自居,嘗自比於 R9,C7。然則面對空門,卻只想著打飛機,故嘗為人所不恥爾。此人尤其擅長正大光明之偷襲,嘗曰,吾本無意做賊也,初始眾人篤信之,然則此人背信棄義而嘗曰吾本賊也,必當正大光

明偷襲之。是故不恥者愈眾。

2. 但它們只能學到一個表面，而無法學到人類的本質，人類的思維，所以它永遠也不會懂有些事情人類是所不恥的。

六、生造「不知所蹤」

有成語「不知所終」，語出《國語·越語下》：「〔范蠡〕遂乘輕舟，以浮於五湖，莫知其所終極。」又《莊子·田子方》：「日夜無隙，而不知其所終。」終，最後，結局。「不知所終」，即不知道結局或下落。近年來，又不知何許人，生造語詞「不知所蹤」，一時盲從者靡然向風，連有些「作家」也混跡其中：

1.《愛若成瘋，不知所蹤》，為作者吳雜貨虛構作品，首發於若初文學網，獨家簽約。

2.《新郎不知所蹤，新娘綁架自己》，是連載於好 123 小說的小說，作者是靈汐子。

3.《見習法醫》是由翟樹理監製、江兆文執導……的懸疑犯罪刑偵推理劇。該劇於 2017 年 12 月 19 日在中國大陸首播。

新海發生了一起入室殺人案，在案件現場，竟然發現了陳賓白的證件，兇器上也都是他的指紋，連目擊證人都有，而陳賓白也不知所蹤。

4.《絕對計劃》是由楊文軍執導，胡兵、張庭、TAE、黃奕、巫迪文、王海珍等聯袂主演的科幻懸疑電視劇。翌日，一對姊弟在海邊赫見一個女孩屍體，經鐵雄、阿龍證實即是小蘭，而甄珍卻不知所蹤。

以上五例，全用生造「詞語」「不知所蹤」！末例中「赫見」亦生造詞，只能說成「沙灘上一個女孩屍體赫然可見」。

七、不分「其間」與「期間」

「期間」一定上接某某事或某時段，不單用。如：上大學期間、會議進行期間、僑居英國期間等。而「其間」，一定上括某某事或某時段，可單用。如：在北京某飯店開了三天會，其間，他抽空去了一趟琉璃廠。

今人往往在該用「其間」時誤用「期間」。如：

1. 他攻讀了四年大學，期間，他學會了攀岩。

2. 一家數口擠在不到 10 平方米的屋子裏，只有公共的食堂與廁所，其餘

任何基礎生活設施都沒有，如果想洗澡那只能露天，此政策平等對待男女老少各種人群。期間美軍士兵和工作人員進行的各種侮辱和為難。

3. 但二月 8 日，從兩點鐘多鐘開始，王女士的手機一直打不通。期間，王女士曾通過手機微信，給張先生發來過一條語音。

數天只見一個正確使用「期間」之例：

4. 在洪堡州立大學攻讀英語文學學士期間，他迅速成長為一名……（《攀岩人物》第八期）

八、「差強人意」多用錯

收集語言材料時，一句感歎映入我的眼簾：「發明這個成語的人，坑了多少中華兒女啊……我現在看到用這個詞的，基本上都是用錯了的！」感歎者舉例是：

1. 傅園慧北京比賽，成績差強人意，誰的錯？（評論：這個國慶節，傅園慧在北京參加了短池游泳世界盃北京站。因為參加的 3 個副項只取得一個第七名，其他兩項沒進決賽，很多人質疑她走紅後活動太多成績下滑。）

2. 國足成績差強人意的根本原因是什麼？小希 ho06 發布於 2 小時前最佳答案：從對伊朗的比賽就能看出，別人的身體素質和腳下技術以及戰術執行都要比中國……

全都當成了貶義成語！其實「差強人意」本意為「還能振奮人們的意志」。語出《後漢書‧吳漢傳》：「諸將見戰陳不利，或多惶懼，失其常度，漢意氣自若，方整厲器械，激揚士吏。帝時遣人觀大司馬何為，還言方修戰攻之具，乃歎曰：『吳公差強人意，隱若一敵國矣。』」後謂尚能令人滿意。

例如：本來大家預料國足小組賽能贏一場就算不錯，結果是贏了兩場，可謂差強人意。

九、發明「苦主」的新用法

最近，又有體育評論人士發明了「苦主」的「新用法」：使人受苦的人！說什麼「伊藤美誠 4：3 掀翻苦主」！「苦主」本來是舊的司法術語：命案中的死者家屬，即現在所說的被害者家屬。向來無其他詞義。如《元史‧刑法志‧職制下》：「諸軍官驅役軍人，致死非命者，量事斷罪並罷職，徵燒埋銀給苦主。」

《大清會典·刑部》:「若事主被強盜殺死，苦主自告免檢者，官與相視傷損，將屍給親埋葬。」又不知哪個不讀古書者，自作聰明地創造了「苦主」的「新用法」！

從以上數事，略可管窺當前網絡語言亂象。

當前人們多不讀書而迷戀網絡，網絡語言又因人不讀書而低俗謬誤，長此以往，惡性循環，中國人文化素質必每況愈下，有識之士當為之憂慮矣！

說「子女、兒女」

古文「子」的字形，就像初生兒的形狀，頭頂有囟門，有胎髮，兩隻小腿兒。就指孩子，也單指女孩兒。如《詩經》中常說「之子于歸」，就是「這個姑娘出嫁」。後來常特指兒子、男子。

古書常說「子女」。子是幼兒乃至青少年的統稱，是大名；女指女子，是小名。子女的本義是女兒（如同子男意思是兒子一樣）——古漢語的構詞法，有一種「以大名冠小名」，「子女」、「子男」即其例。但後人往往誤解。

如《戰國策·趙策》載魯仲連向平原君論述尊秦為帝之害，說秦一旦稱帝，「彼又將使其子女讒妾為諸侯妃姬。」即說秦王將把自己的女兒、善進讒言的姬妾嫁給諸侯作妃姬，以控制他們。

《詩·大雅·大明》：「文王嘉止，大邦有子。」鄭玄箋：「文王聞大姒之賢，則美之曰：『大邦有子女，可以為妃。』乃求昏。」這「大邦有子」，也即鄭玄所云「大邦有子女」，指當時殷王的女兒（用駱賓基《詩經新解與古史新論》說）。

《漢書·武五子傳》載，漢武帝子廣陵厲王劉胥有大罪，天子遣廷尉、大鴻臚訊問。「胥既見使者還，置酒顯陽殿，召太子霸及子女董訾、胡生等夜飲。」唐顏師古注：「董訾、胡生皆女名。」即說他在死前召集兒子、女兒宴飲。又，《史記·荊燕世家》載，漢文帝時燕王劉澤，傳位「至孫定國，與父康王姬姦，生子男一人；奪弟妻為姬，與子女三人姦。」是說定國亂倫行為嚴重，竟

至於與三個女兒通姦，「公卿皆議曰：『定國禽獸行，亂人倫，逆天，當誅。』上許之。定國自殺，國除為郡」。

漢代匈奴威脅北邊，謀士婁敬早就勸漢高祖把嫡長公主（即魯元公主）嫁給單于，並多送陪嫁品。因匈奴貪婪，一定羨慕，而以漢公主為閼氏（音 yānzhī，匈奴王妃），生子必為太子，代單于。單于在，就是漢帝女婿；死，漢帝外孫作單于：哪裏聽說孫輩敢與爺爺平起平坐呢？這個主意不錯，可呂后捨不得，哭著說：「我只有一子、一女，為什麼要拋棄給匈奴！」於是漢高祖就用家人女兒冒充公主，嫁給單于，以後歷代都如此；雖是冒充的，但是對外都稱公主。所以《漢書·武帝紀》載漢武帝語：「朕飾子女以配單于，金幣文繡賂之甚厚。」「子女」仍是「女兒」之意。

「子女」又從「女兒」義引申指青年女子、美女。《左傳·僖公二十三年》載楚王款待爭取回國奪君位的晉公子重耳，非要他說出回國為君之後將何以報恩，重耳說：「子女玉帛，則君有之；羽毛齒革，則君地生焉。」意思是美女珍寶，您自己有；其他珍貴特產，您的領土自有出產。還用我送給您嗎？《墨子·非攻下》揭露那些好攻伐他國之君的虛偽藉口，是「我非以金玉子女壤地為不足也」。金玉子女，也即相當於知罃所說「子女玉帛」；金玉子女壤地，是古代荒淫君王的共同愛好。《韓非子·八姦》即說「人主樂美宮室臺池，好飾子女狗馬，以娛其心。」故春秋時吳越爭霸，越戰敗，越王句踐派文種向吳王夫差屈辱求和，「願以金玉子女賂君之辱」（《國語·越語上》），為首的美女即西施。《呂氏春秋·先己》篇也說：「琴瑟不張，鍾鼓不修，子女不飭。」這些「子女」顯然都是作為男性統治者玩物的美女，屬「以大名冠小名」例。三國吳學者韋昭注《晉語四》「子女玉帛，則君有之」，即說「子女，美女」，當然是正確的。而《左傳·僖公二十三年》「子女玉帛，則君有之」楊伯峻注：「子女蓋指男女奴隸。」《漢語大詞典》採其說，恐怕就不符合實際情況了：古代統治者（父系氏族社會皆為男性）對「男奴隸」是沒有多大興趣的。

子女，與「女子」（古代又叫「女子子」）義同，也是「女兒」之意。但所不同者，「女子」「女子子」為以小名冠大名。「女子」從「女兒」義再引申，為女性。

兒，許慎《說文解字·儿部》：「兒，孺子也，從儿，像小兒頭囟未合。」「頭囟未合」指的是「兒」的上半部分，下半部分「儿」（音 rén）也是人形。

　　兒女子，乃又一「以大名冠小名」例。「兒」有「小孩兒」義，兒女子，是貶稱婦女之辭。《史記・淮陰侯列傳》記漢高祖劉邦出征平叛，韓信在長安謀反。呂后與蕭何定計，把韓信騙到太后長樂宮，武士逮捕韓信，就把他斬首於長樂宮鍾室。臨死，韓信歎息說：「吾悔不聽蒯通之計，乃為兒女子所詐！」「兒女子」即罵呂后。《史記・高祖本記》載，劉邦未起兵前，不過是沛縣一個亭長，游手好閒，好說大話。可是縣令的朋友呂公卻看上了劉邦，要把自己的寶貝女兒（就是後來的呂后）嫁給他。呂媼責備呂公不該把女兒許給劉邦這個無賴，呂公說：「此非兒女子所知也。」「兒女子」為呂公蔑稱呂媼。又《漢書・王嘉傳》載，哀帝使者逼迫丞相王嘉飲毒藥自殺，王嘉擲藥杯於地，說：「丞相豈兒女子邪？何謂咀藥而死！」是說堂堂丞相不能像女人那樣飲藥自殺。又《後漢書・來歙列傳》載大將來歙被刺客刺成重傷，劍插在身體上。同僚蓋延見之哀泣，來歙叱蓋延說：「欲相屬以軍事，而反效兒女子涕泣乎！」是叱責蓋延像女人那樣愛哭。又說成「兒女」。如《三國志・魏書・賈詡傳》「唯漢陽閻忠異之」裴松之注引《九州島春秋》曰：「昔韓信……拒蒯通之忠，忽鼎跱之勢，利劍已揣其喉，乃歎息而悔，所以見烹於兒女也。」「見烹於兒女」，即指被呂后所殺。又說成「兒婦人」。如《史記・陳丞相世家》載，呂后妹呂嬃讒陳平，陳平用計獲得呂后信任，呂后就當著呂嬃面對陳平說：「鄙語曰：『兒婦人口不可用。』」「兒女、兒婦人」的構詞方式也是「以大名冠小名」。其本義是小姑娘、少女，猶今口語中對小姑娘的鄙稱「小丫頭」，對婦女則用「兒婦人、兒女子」作鄙稱，猶今口語中的「小女人、小娘們」。

　　小姑娘、少女的特點是愛哭、好害羞忸怩、好竊竊私語（由此有「兒女淚、兒女態、兒女語」等語（《漢語大詞典》：「兒女態，兒女間表現的依戀、忸怩的情態。」誤，又失收「兒女淚、兒女語」等條目）。

　　唐王勃《送杜少府之任蜀州》：「無為在歧路，兒女共沾巾。」一般以為「勸杜不要因離別而悲傷，像青年男女一樣別淚沾巾。」《辭源・兒部》、《漢語大詞典・兒部》也皆釋「兒女」為「青年男女」，舉王勃該詩句為證，似乎已成定論。但這樣解釋難通：青年女子自然好流淚，青年男子則不見得，「男兒有淚不輕彈」嘛！宋辛棄疾《滿江紅・送李正之提刑入蜀》詞也說「兒女淚，君休滴。」宋蘇軾《答陳季常書》：「彼此鬚髯如戟，莫作兒女態也。」「鬚髯如戟」是男兒態，與「兒女態」正相對。證「兒女」為小姑娘。

《西廂記》第五折《崔鶯鶯夜聽琴》：「其聲低，似聽兒女語，小窗中，喁喁。」語本韓愈《聽穎師彈琴》：「昵昵兒女語，恩怨相爾汝。」「兒女語」是指小姑娘間的竊竊私語。

這裡還有一個故事，《史記·魏其武安侯列傳》記灌夫在席上向有仇隙的武安侯敬酒，武安侯不肯喝，灌夫怒。敬酒至臨汝侯，臨汝侯正與程不識耳語，又不避席。灌夫正無處洩憤，就罵臨汝侯說：「生平毀程不識不直一錢，今日長者為壽，乃效女兒呫囁耳語！」日人瀧川資言《史記會注考證》引中井積德曰：「女兒謂女子也。」又引王先謙《漢書補注》語：「耳語，乃女兒態也。」「女兒、女子」的構詞方式是「以小名冠大名」，義皆為「女孩子，小姑娘」。女兒呫囁耳語，即是小姑娘間咬耳朵說悄悄話，也即「兒女語」。

當然「兒女」也可以指男女，這是人所共知的。而本文上述「兒女、子女」的古代用法，則特別值得注意。

有件小事可說明古人、今人對「兒女」一詞之理解差異：清文康著名小說《兒女英雄傳》，主角是俠女何玉鳳，改名十三妹，出入江湖，為父報仇。因她與另一女子張金鳳相識，後又同嫁書生安驥，故其書又名《俠女奇緣》、《金玉緣》──可見「兒女英雄」指的是少女何玉鳳、張金鳳。而今人孔厥、袁靜合著的小說《新兒女英雄傳》，主人公卻是英雄男青年牛大水與女青年楊小梅。此亦發人深思也。

《文史知識》，2018 年 10 月

再說「吾誰與歸」
——評鄭佩聰《「吾誰與歸」新解》

　　鄭佩聰《「吾誰與歸」新解》（現代語文語言研究版 2013-08，以下簡稱鄭文）認為，范仲淹《岳陽樓記》名句「吾誰與歸」，「歸」應訓為「終、至」，「最終到達」。「與」在句中為介詞，「跟……一起」，「『誰』為賓語前置」。「吾誰與歸（其誰與歸）」的意思是：我還能和誰一起最終實現那至高的理想（探索到宇宙、人生的奧妙）呢？」

　　讀畢，覺鄭文有諸多可商者。

　　鄭文所謂「新解」，實不在其以「與」為介詞，而在於其對「歸」及「吾誰與歸」句意之解釋，而後者又與前者有密切之關係。故筆者先從「與」是否為介詞說起。

　　鄭文以「與」為介詞，所據為《禮記‧檀弓下》孔穎達疏：「此處先世大夫死者既眾，假令生而可作起，吾於眾大夫之內，而誰最賢，可以與歸？」（鄭文所舉人教版語文《岳陽樓記》注解、郭錫良《古代漢語》皆沿襲孔疏，不足為據）。

　　此舊說當否？筆者曾撰文《「其與能幾何」與「吾誰與歸」》（《語文建設》2001.5），其核心論點，是這兩個歷史名篇句中的「與」字，皆句中的語助詞。前句出於《國語‧周語上》：「若壅其口，其與能幾何？」三國吳韋昭注：「與，辭也。能幾何，言不久也。」韋昭說精確而可信。清人王念孫《讀書雜志‧漢

書》引《漢書・高帝紀》「兵不得休八年，萬民與苦甚」、《文帝紀》「今乃幸以天年得復供養於高廟，朕之不明與嘉之，其奚哀念之有」及《左傳・僖公二十三年》曰「夫有大功而無貴仕，其人能靖者與有幾」、《襄公二十九年》「是盟也，其與幾何？」、《昭公十七年》「其居火也久矣，其與不然乎」《國語・周語》「若壅其口，其與能幾何」、《晉語》「諸臣之委室而徒退者將與幾人」、「亡人何國之與有」、《越語》「如寡人者，安與知恥」等例，謂「與」字皆為語助。其後王引之《經傳釋詞》、楊樹達《詞詮》、裴學海《古書虛字集釋》、張相《詩詞曲語辭彙釋》等皆沿而證之，其說幾成鐵案。筆者又補與「其與能幾何」相似之句數例：

（1）《左傳・昭公元年》：「后子出而告人曰：『趙孟將死矣！主民，翫歲而愒日，其與幾何？』」杜預注：「言不能久。」

（2）又：「叔向問鄭故焉，且問子晳。對曰：『其與幾何？無禮而好陵人，怙富而卑其上，弗能久矣。』」杜預注：「言將敗不久。」

（3）《國語・晉語一》：「雖謂之挾，而猾以齒牙，口弗堪也。其與幾何？」韋昭注：「言不久害也。」

（4）《晉語五》：「苗棼皇曰：『郤子勇而不知禮，矜其伐而恥國君，其與幾何！』」韋昭注：「言將不終命。」（楊樹達《詞詮》「與」條已列）

（5）《吳語》：「王其無死。民生於地上，寓也；其與幾何？」韋昭注：「言幾何時。」

「其」皆為表疑問語氣的副詞。筆者且謂此類「與」既為句中語助，則或可省。如：

（6）《左傳・昭公元年》：「趙孟曰：『（秦君）天乎？』對曰：『有焉。』趙孟曰：『其幾何？』對曰：『……鮮不五稔。』」

（7）《國語・周語上》：「王曰：『虢其幾何？』對曰：『……不過五年。』」

（8）《晉語八》：「『君其幾何？』對曰：『若諸侯服不過三年，不服不過十年，過是，晉之殃也。』……十年，平公薨。」

（9）《楚語下》：「安用勝也？其能幾何？」韋昭注：「言危不久。」

後人語多沿先秦例。如唐柳宗元《段太尉逸事狀》:「然則郭氏功名,其與存者幾何?」

而鄭文僅列《經傳釋詞》、《古書虛字集釋》及當代學者諸文篇名,便將上述觀點以「另一種觀點視『與』為語氣助詞,可省略」一語含混帶過。試問,此論當否?鄭文不從此說,原因何在?鄭文是否承認「與」字「可省略」?既然「與」字「可省略」,它還有可能是介詞嗎?鄭文要維持「『與』在句中為介詞,『跟……一起』」之說,上述問題是迴避不了的。

「吾誰與歸」(其誰與歸)之「與」也可省略:

（10）唐顧況《陰陽不測之謂神論》:「天竺律法,復與大衍有差:吾誰歸矣?」

（11）宋晁公溯《次劉機將仕韻》:「今日群原誠可作,吾誰歸者有東坡。」

（12）元熊朋來《奉還皮魯贍北遊詩》:「可憐士生遇此際,不有淵明吾誰歸?」

（13）明余劭魚《周朝秘史》第四十一回:「仲尼亦曰:『使當世有能仗義尊王,免生民陷於夷狄者,舍齊桓吾誰歸哉?」

（14）清孫運錦《登放鶴亭同似荀》:「間繞頹垣讀斷碣,古人如作吾誰歸?」

以上為省略「與」的「吾誰歸」例。

（15）唐佚名《真正英雄從戰戰兢兢中來》(明王錫爵《增定國朝館課經世宏辭》):「彼將舉乾坤,惟我所旋轉;民物,惟我所裁成;竹帛鼎彝之勳,惟我所建樹──而天下萬世,稱真正英雄,非若人,其誰歸也哉?」

（16）宋趙汝騰《寧德縣學先賢祠堂記》(明黃仲昭《八閩通志》):「一切曲學了然見之,如稗之害嘉穀,則舍九先生其誰歸歟?」

（17）元胡炳文《代族子澂上草廬吳先生求記明經書院書》:「明經如此,真可謂明經也!記我明經,微先生其誰歸?」

以上為省略「與」的「其誰歸」例。

　　而鄭文卻不考「吾誰與歸」（其誰與歸）之「與」是否也可省略，不詳論「與」字「介詞」、「語助詞」兩說之是非優劣，而謂「『與』的釋義困惑，很大程度上來自『歸』字意義一直模棱兩可」，轉而去探討「意義一直模棱兩可」的「歸」字意義，然後再據此確定「與」字為「介詞」──迴避論敵的重要論點或論據，此鄭文之可商者一也。

　　鄭文舉「吾誰與歸」（其誰與歸）語例之源頭為：

　　　　趙文子與叔譽遊於九原，文子曰：「死者若可作也，吾誰與歸？叔譽曰：『其陽處父乎？』文子曰：『行植於晉國，不沒其身，其智不足稱也。』『其舅犯乎？』文子曰：『見利而不顧其君，其仁不足稱也。我則隨武子乎！利其君，不忘其身；謀其身，不遺其友。』晉人謂文子知人。」（《禮記·檀弓》）

鄭文之引文，其誤有六：「遊於」為「觀乎」之誤；「若可作」，「若」為「如」之誤；「行植」，中間奪「并」字；「見利而不顧其君」，衍「而」字；「如人」為「知人」之誤；其引號之用亦有誤。其例（10）羲之《石牌帖》，「牌」為「脾」之誤；例（16）「唐之劉宴會」，衍「會」字──疏忽如此，能無影響文義、詞義之精研乎？此鄭文之可商者二也。

　　鄭文以《禮記·檀弓》文為「吾誰與歸」（其誰與歸）語之源頭，而不知《禮記·檀弓》文又源於《國語·晉語八》──鄙文《「其與能幾何」與「吾誰與歸」》已及此：

　　　　趙文子與叔向遊於九原，曰：「死者若可作也，吾誰與歸？」叔向曰：「其陽子乎？」文子曰：「夫陽子行廉直於晉國，不免其身，其知不足稱也。」叔向曰：「其舅犯乎？」文子曰：「舅犯見利而不顧其君，其仁不足稱也。其隨武子乎！納諫不忘其師，言身不失其友，事君不援而進，不阿而退。」

鄙文且謂「可知《禮記·檀弓下》『并植』乃『廉直』之誤字」（今按，蓋「廉」先訛為「兼」，「兼」有「并」義，與「并」形近，故又訛為「并」；「并直」義不可通，故「直」又加「木」成「植」）。鄙文《「其與能幾何」與「吾誰與歸」》已見稱引於鄭文，在主張「『與』字為語助詞」而遭鄭文否定之諸文之列。於理，對論敵之文，尤當細為精研，品其失得之理，語曰：「愚者千慮，必有一得。」而鄭文於鄙文輕而忽之、漫而略之，未予理會，以致論「吾誰與歸」，

溯末及源，不知語出《國語‧晉語八》，而誤以《禮記‧檀弓下》一段為「趙文子九原對話的濫觴」，此鄭文之可商者三也。

凡研討訓詁之文，尤當重精研文義；凡不解之文，當付闕如，不宜強作解人。而鄭文於此，似略有失焉。如其論及「仔細觀察如果『歸』作『歸附、歸依』解，亦有不通之處」時，舉如下諸例：

其（8）進退我生，遊觀所達，得貴為人，將在含理。含理之貴，惟神與交，幸有心靈，義無自惡，偶信天德，逝不上慚。欲使人沈來化，志符往哲，勿謂是賒，日鑿斯密。著通此意，吾將忘老，如曰不然，其誰與歸。（南朝‧沈約《宋書‧顏延之傳》）

其（9）嗟夫！今之人，知動之可以成功，不知非其時，動亦為凶；知靜之可以立德，不知非其理，靜亦為賊。大矣哉！動靜之際，聖人其難之。先之則過時，後之則不及時。交養之間，不容毫釐。故老氏觀妙，顏氏知幾。噫！非二君子，吾誰與歸。（唐‧白居易《動靜交相養賦》）

其（10）然羲之《石牌（脾）帖》云：石脾入水即乾，出水便濕；獨活有風不動，無風獨搖；又未可以意窮也。非至聖，吾誰與歸？（南宋‧陳郁《藏一話腴》）

其（11）禮者，過不及之準也；抑之極，則矯而為揚之甚，勢之必反也。垂及於女直、蒙古之世，鞭笞之，桎梏之，奴虜斥詬之；於是而有「者廝可惡」之惡聲施於詔令，廷杖鎖摯之酷政行於殿廷；三綱裂，人道毀，相反相激，害亦孔烈哉！三代之後，必欲取法焉，舍趙宋待臣之禮，其誰與歸？（清‧王夫之《讀通鑒論‧卷十三‧明帝》）

然後議論：「此三（筆者按，當作『四』）處文獻皆大段談論事理、物理，絲毫未提及人事，緣何筆鋒一轉產生『無人可歸』之感？」

首先當予澄清：「此三（四）處文獻皆大段談論事理、物理，絲毫未提及人事（關於人的事）」麼？

其例（8）中的「往哲」、例（9）中的「老氏、顏氏」「二君子」，例（10）中的「至聖」，皆為論者稱許、歸心的賢者，非人而何？例（11）「趙宋待臣之

禮」，實際也屬於「人事」（關於人的事）。而鄭文下文竟謂「甚至還有例句無任何鋪墊，就出現了『吾誰與歸』，如例（19），『歸附』從何談起？」按，其例（19）其實即其例（8）。鄭文實在是未懂「往哲」（等於說先賢）之義。何以說「此三（四）處文獻皆大段談論事理、物理，絲毫未提及人事（關於人的事）」？

其次，此處亦當指出，造成鄭氏不解的，還有鄭氏對「歸」詞義的誤解：他僅僅把「歸」理解為「依附」「歸順」，而不知這些對人與真理、事理的「歸」多為「推崇」「崇尚」之義。

再次，鄭文把《禮記·檀弓》「行并植」誤引為「行植」，不知「并植」為「廉直」之誤；顯然不明文義。而下文又引誤文「行植」，並據此論述。又其例（23）「惟南陽琅琊二王，同居征鎮」，「征鎮」，鄭氏譯為「駐守城鎮，征討四方」。實則「征鎮」為魏晉以來，將軍、大將軍監臨軍事、守衛地方者之總稱，是名詞。《三國志·魏志·高貴鄉公髦傳》：「今群公卿士，股肱之輔，四方征鎮。」《晉書·懷帝紀》「帝謂使者曰：『為我語諸征鎮，若今日尚可救，後則無逮矣。』時莫有至者」，亦其例。其例（14）晉平公過九原而歎曰：『嗟乎！此地之蘊吾良臣多矣，若使死者起也，吾將誰與歸乎？』」九原，鄭文譯為「九原故地」，不知九原為春秋晉國卿大夫的墓地，後遂泛指墓地；未通文義，而從容縱論是非、指摘百家，不亦殆乎！此鄭文之可商者四也。

鄭文又曰：

> 縱觀「吾誰與歸（其誰與歸）」的語境，無一例外，具備以下幾個特徵：a. 作者在現實環境中屢受挫折、失意惆悵。不論是慨歎人才凋零，還是自身時運不濟，皆為逆境觸發的感慨。b. 言者心情沉重，語氣程度甚於平時。從「嗟乎！」「嗟夫！」「噫！」「害亦孔烈哉！」可見一斑。c. 提及的人物多為逝者，非生者。正是由於現實環境的殘酷異常，同路乏人，才會不切實際希冀「死者可作」，渴盼能有同道中人與之前行。d. 都在談論事理，而非談論某人。e.「吾誰與歸（其誰與歸）」提及的人和事無論是否得到公認，都籠罩了「至聖」「至善」的色彩。環境殘酷之至，心情沉痛之至，內心所最欽佩的人和事，這幾種特徵都反映了共同語義「終極、至高」。

此一段話，突出地體現了鄭文論述的特點：武斷絕對、敢為大言、自相矛盾、

語意混亂。曰「縱觀『吾誰與歸（其誰與歸）』的語境，無一例外，具備以下幾個特徵」，鄭氏「縱觀」了多少此類語例，就敢下此結論？無須多考，即以鄭文所舉首例言之，「趙文子與叔譽遊於九原」，鄭氏何以斷定二人「在現實環境中屢受挫折、失意惆悵」？他們談論晉國先大夫若死而復生，應該親依誰，比較了陽子（陽處父）、舅犯、隨武子，最後肯定了隨武子，始終在論人，何以謂「都在談論事理，而非談論某人」？「作者在現實環境中屢受挫折、失意惆悵」、「環境殘酷之至、心情沉痛之至」，鄭氏是如何從趙文子語中看出來的？又是如何從例（10）羲之《石脾帖》中看出來的？既然「無一例外」，為何又說「c. 提及的人物多為逝者，非生者」？「多為」，就不是「無一例外」，這是顯而易見的道理。既說「都在談論事理，而非談論某人」，為何又說「提及的人物」、「提及的人和事」？鄭文在「縱觀『吾誰與歸（其誰與歸）』的語境，無一例外，具備以下幾個特徵」後，說「這幾種特徵都反映了共同語義『終極、至高』」。而試觀鄭文所列「幾種特徵」：a. 作者屢受挫折、b. 言者心情沉重、c. 提及的人物多為逝者、d. 都在談論事理、e. 人和事籠罩了「至聖」「至善」的色彩，除 e.「至聖、至善」（此為鄭氏杜撰，非必如此）與「終極、至高」略沾點兒邊之外，a.b.c.d.四項所謂「特徵」，皆與「終極、至高」無涉。遊談無根，此鄭文可商者五也。

鄭文謂「『與』作句中語氣詞的情況極少，且有規律」，所舉例為《論語·公冶長》「於予與何誅、於予與改是」，謂「句中『與』都在介詞結構之後，而『吾誰與歸（其誰與歸）』的句子結構不符合這一規律」！這正是不知天高地厚的語言研習者最當忌諱之處：「例不十，則法不立」，今鄭氏僅據兩例（且皆出孔子前後兩句，一個介詞）就「發現」了「句中『與』都在介詞結構之後」的規律！「而『吾誰與歸（其誰與歸）』的句子結構不符合這一規律」，故鄭文斷定，「吾誰與歸（其誰與歸）」中的「與」不是語氣詞！魯莽滅裂，自立「規律」，此鄭文之可商者六也。

鄭文謂：「學界認為『歸』字的語義主要有兩種：一是『歸附，歸向』，二是『景仰、崇敬』，如朱東潤《中國歷代文學作品選》。『歸』解為後者，文獻典籍中並未有新的例證。嚴格地說，此義應視為語義上的發揮，並不能視為「歸」本身的意義。」此說失之武斷。「歸」有「稱許、讚美」義。《論語·顏淵》：「一日克己復禮，天下歸仁焉。」唐韓愈《祭薛中丞文》：「宗族稱其孝

慈，友朋歸其信義。」宋秦觀《故龍圖閣直學士李常行狀》：「公曰：『大義滅親，況朋友乎？』自存益確。士論以此歸之。」「歸」皆有「稱許、讚美」義，「景仰、崇敬」語義少重，亦不必為過也。

鄭文又駁王念孫《讀書雜志》以及裴學海《古書虛字集釋》等「『吾誰與歸』，與『誰與哭者』，文同一例，猶言吾將誰歸也」之說，謂「實質上此二者屬不同文例，對此已有學者做過闡述」，語涉蠻橫：「已有學者做過闡述」，就能證明「實質上此二者屬不同文例」、王念孫與裴學海說法為非嗎？鄭文何以解釋王念孫所舉「萬民與苦甚」、「朕之不明與嘉之」、「其人能靖者與有幾」、「其與幾何？」、「其與不然乎」、「諸臣之委室而徒退者將與幾人」、「亡人何國之與有」、「安與知恥」等例中「與」字，若非語助，究作何解？鄭文不僅對王念孫「『與』為句中語助」之論證視同無物，又對其後王引之、裴學海、楊樹達、張相等重要大家的一致意見置之不理——其蔑視學術權威之氣魄則可謂大矣，而其恃讕陋之學識而乏敬畏前賢之審慎態度、小心求證之精神，則實不可取。此鄭文之可商者七也。

鄭氏拘於對「歸」之「歸附」義的狹隘認識，謂其例「（12）兩都陷沒，晉室垂盡，所留遺者，惟南陽琅琊二王，同居征鎮，欲求繼絕，舍二王其誰與歸？」（民國·蔡東藩《兩晉演義》）「這裡很容易譯成『除了這二王還能歸附誰呢』，但聯繫上下文，可知並不存在哪一方歸附哪一方」——這是典型的「鄭氏駁論法」：先替人死板笨拙地譯成「除了這二王還能歸附誰呢」，然後由鄭氏「聯繫上下文」，加以「可知並不存在哪一方歸附哪一方」的否定。誰曾認為這裡是「哪一方歸附哪一方」呢？《論語·堯曰》：「興滅國，繼絕世，舉逸民，天下之民歸心焉。」據此譯成「除了這二王，還能歸心於誰呢」，不是很恰當嗎？其例（6）「瞻望城西，素旐來止。其誰與歸？九原莫起。」（明·歸有光《震川先生集·祭唐虔伯文》）鄭文又謂「唐虔伯與歸有光……二人關係並非『歸附、歸依』」，試問，一提到「歸附、歸依」類意思，兩人之間就非得是上下級關係了嗎？朋友、同僚之間，一方對另一方景仰而親依之，不行嗎？《論語·學而》：「泛愛眾，而親仁。」親仁，即親依仁人。《里仁》又曰：「見賢思齊焉。」無論雙方是平輩、君臣。歸有光欽佩唐虔伯，念其不可復見；晉平公景仰其逝世之良臣，假設其起死回生，而有「將親依於誰」之歎：十分正常。孰能鄙陋如此，以為歸有光要「歸附」唐虔伯、晉平公要「歸附」於其

臣？鄭文常「以己之心，度人之腹」，編造論敵的論調，此論調必有簡單化、片面化、生硬死板之特徵，以便鄭氏能輕易地將其駁倒。此種手法之運用在鄭文中絕非僅見。此鄭文之可商者八也。

鄭文又曰：「趙文子九原對話的濫觴，從一開始就未提及『歸』的指向，後人在用典時也照搬全收，因而造成了無盡的爭論。」這是一個視「吾誰與歸」句中之「與」為介詞、把「歸」解釋成「歸宿、歸終」者一廂情願的自說自話——在視「吾誰與歸」句中之「與」為語氣詞、把「歸」解釋成「歸依、親奉、歸心、景仰、讚賞」之類意思者看來，《禮記·檀弓》所謂「利其君不忘其身，謀其身不遺其友」之「隨武子」，正是「歸」的語義指向。

但鄭文對此說是不屑一顧的，認為這不過是「無盡的爭論」中的一種聲音。現在鄭氏要來結束這「無盡的爭論」了：「『歸』訓為『終，至』『最終到達、最終實現』，則一切疑惑迎刃而解」；「吾誰與歸」意思就是「還能和誰一起最終實現那至高的理想（探索到宇宙、人生的奧妙）呢？」

「歸」可以訓為「結局，歸宿」，也可以訓為「終，最後」，然而說「歸」可以訓為「最終到達、最終實現」，「最終實現那至高的理想（探索到宇宙、人生的奧妙）」，則何所據而云然？有訓詁學的依據嗎？且如此釋，便能「一切疑惑迎刃而解」？

即以「吾誰與歸」之語源《國語·晉語八》言之，其文記載，趙文子與叔向到卿大夫墓地九原遊觀，說：「死者若可復生，我們親依誰呢？」叔向曰：「該是陽處父吧？」趙文子說：「那陽子在晉國品行廉直，卻不免被殺，他的智慧不值得稱道。」叔向說：「是舅犯吧？」趙文子說：「舅犯見利而不顧其君，他的仁德不值得稱道。還是隨武子啊！他進諫時不忘稱其師，談到自身時不忘表彰其友；事奉君主，推舉賢才不根據君主的喜愛，貶退官員也不阿順君主的心意。」兩個官員私下評論地下先賢，若可復生，誰最值得親依擁戴，本十分自然，如何可能如鄭文所云，高談闊論起「還能和誰一起最終實現那至高的理想」？合乎情理嗎？至於趙文子「那至高的理想」又是什麼？估計鄭氏還能解釋得天花亂墜，可是跟「歸」的詞義有何關係？

人德才深孚眾望，則眾望所歸；聖明愛民，則天下歸心：此「歸」即「歸依、親附」之意。在遠、殊世則心嚮往之，居近、同時則身歸依之。故譯為「歸向、崇尚」亦不為過。《論語·為政》：「為政以德，居其所而眾星共之。」

共（拱），即喻「歸依擁戴」。《詩・大雅・泂酌》：「豈弟君子，民之攸歸。」歸，亦「歸依擁戴」意。《孟子・離婁上》：「行有不得者，皆反求諸己，其身正而天下歸之。」焦循正義引《廣雅》云：「歸，就也。」就，即「歸依，歸向」。凡「吾誰與歸（其誰與歸）」表示對誰人仰慕、親附的，「歸」多為此義。《論語・學而》：「泛愛眾，而親仁。」親仁，即親依仁人。親依，幾乎可以解釋鄭文所舉下列提及人物的絕大多數例句中的「歸」字：

（18）晉平公過九原而歎曰：「嗟乎！此地之蘊吾良臣多矣，若使死者起也，吾將誰與歸乎？」（西漢・劉向《新序・雜事》）

（19）贊曰：君子重義，小人殉利。巢殞耆誅，其道即異。許、呂封駁，照耀黃扉。死而可作，吾誰與歸？（《舊唐書・卷一百五十四》）

（20）非唐之劉晏，吾誰與歸？（宋・陸九淵《象山先生全集・劉晏知取予論》）

（21）臨風想望，不能忘情者，念公之不可復見，而其誰與歸？（宋・王安石《臨川先生集・祭歐陽文忠公文》）

（22）瞻望城西，素旐來止。其誰與歸？九原莫起。（明・歸有光《震川先生集・祭唐虔伯文》）

或可譯為「推許、擁戴、敬仰、歸心、傾心」，隨文而異：

（23）唐佚名《真正英雄從戰戰兢兢中來》（明王錫爵《增定國朝館課經世宏辭》）：「彼將舉乾坤，惟我所旋轉；民物，惟我所裁成；竹帛鼎彝之勳，惟我所建樹——而天下萬世，稱真正英雄，非若人，其誰歸也哉！」

（24）宋趙汝騰《寧德縣學先賢祠堂記》（明黃仲昭《八閩通志》）：「一切曲學了然見之，如稗之害嘉穀，則舍九先生其誰歸歟？子曰：『就有道而正焉，可謂好學也已。』」

（25）元胡炳文《代族子澂上草廬吳先生求記明經書院書》：「明經如此，真可謂明經也！記我明經，微先生其誰歸？」

（26）欲使人沈來化，志符往哲，勿謂是賒，日鑿斯密。著通此意，吾將忘老，如曰不然，其誰與歸？（南朝・沈約《宋書・顏延

之傳》）

（27）動靜之際，聖人其難之。……故老氏觀妙，顏氏知幾。噫！非二君子，吾誰與歸？（唐·白居易《動靜交相養賦》）

（28）然義之《石脾帖》云：……非至聖，吾誰與歸？（南宋·陳郁《藏一話腴》）

（29）兩都陷沒，晉室垂盡，所留遺者，惟南陽琅琊二王，同居征鎮，欲求繼絕，舍二王其誰與歸？」（民國·蔡東藩《兩晉演義》）

如「歸」的對象是學說、制度、道理之類，則「歸」釋為「贊同」，如：

（30）唐顧況《陰陽不測之謂神論》：「天竺律法，復與大衍有差：吾誰歸矣？」

（31）三代之後，必欲取法焉，舍趙宋待臣之禮，其誰與歸？（清·王夫之《讀通鑒論·卷十三·明帝》）

而鄭文於諸「歸」字，則分別釋為「最終找到治國治家的方法」、「最終實現我們的目標」、「創制符合仁政的禮法」、「最終使晉國實現霸業」、「最終探索到為人臣子的處事之理」、「探索到取予的道理」、「探索到那動靜養生的奧妙」、「探索到天地間玄妙的道理」、「探索到治理天下的道理」、「最終探索到修身治學的道理」……一個「歸」字有如許多種解釋，合理嗎？而《岳陽樓記》中的「吾誰與歸」之「歸」，鄭文釋為「最終探索到境遇變遷時應持有的至善至美的處事態度」，其文「摘要」則釋為「最終實現那至高的理想（探索到宇宙、人生的奧妙）」。試問，二者孰是？抑或可以等同？鄭文對「歸」字義解釋的隨意發揮，正源於鄭氏思維之混亂。鄭文在批評朱東潤《中國歷代文學作品選》將「歸」釋為「景仰、崇敬」時，說：「嚴格地說，此義應視為語義上的發揮，並不能視為『歸』本身的意義。」如果朱東潤將「歸」釋為「景仰、崇敬」是「語義上的發揮」，那鄭文對「歸」的解釋算什麼？恐不免要「請君入甕」吧？增字解經，為訓詁學之大忌，而鄭氏以己之私見為秘妙，自以為得「歸」之確解，否定通說，實則違背語言事實、訓詁學規律，此鄭文之可商者九也。

鄙文《「其與能幾何」與「吾誰與歸」》結尾說：「文子心所向往的是曾輔佐過晉國文、襄、靈、成、景五君的名臣士會（見《史記·晉世家》）。因其曾

食邑於隨、范，故又稱隨會、范會，死後稱隨武子或范武子。而范仲淹即范武子後代。哈爾濱范氏後人保存的清光緒年間范氏族人續修的《范氏家譜》引宋代《千姓編》曰：『高平范氏，《姓苑》曰：陶唐之後，隋會為晉大夫，食采於范，其后氏焉。《左傳》有范獻子，越相范蠡著書曰《計然》。本朝范仲淹為參知政事。』范仲淹讚頌那品節高尚、以天下為己任的古仁人，信手拈來古人褒美自己先祖之言，作為全文之結語，表面上不露痕跡，實則自有深意，又自然而得體，所謂妙趣天成、匠心獨運者也。」鄭文又忽略酈說，而將「微斯人」譯為「除了這些人」：不知范仲淹《岳陽樓記》中的「吾誰與歸」為其有意用趙文子稱美己之先祖之語，以暗寓褒美己之先祖范會之意──這與鄭氏誤解范仲淹《岳陽樓記》中的「吾誰與歸」之「歸」為「最終探索到境遇變遷時應持有的至善至美的處事態度」、「最終實現那至高的理想（探索到宇宙、人生的奧妙）」，而非「親依、崇敬」其人，當然也有一定的關係。不知《國語·晉語八》直至范仲淹《岳陽樓記》之「吾誰與歸」意在褒美人而非「探索……處事態度」、「實現……理想」，此鄭文之可商者十也。

鄭文最後舉一例，以證明「與」在「吾誰與歸」中為介詞，應該解釋為「跟……一起」：

> （32）王太尉曰：「見裴令公精明朗然，籠蓋人上，非凡識也。若死而可作，當與之同歸。」或云王戎語。禮記曰：趙文子與叔譽觀於九原，文子曰：『死者如可作也，吾誰與歸？』鄭玄曰：「作，起也。」（《世說新語箋疏·賞譽第八》）

鄭文並謂「『吾誰與歸』在後世成為『與之同歸』，大概去古未遠的人們較今人更明曉此典故的真正意義」。今按，「《禮記》曰」云云，為箋疏語。王太尉語「與之同歸」為「吾誰與歸」之化用，兩「與」字不同：一為介詞，一為語助詞；兩「歸」字亦不同：一為「旨歸，宗旨」（名詞），一為「歸依、親依」（動詞）。王太尉語「與之同歸」，即與之同識見，與之同志。因為「見裴令公精明朗然，籠蓋人上，非凡識也」，非凡識，即卓識，識見超群，故王太尉願引以為同志。王太尉語「與之同歸」與《晉語》的「吾誰與歸」不可等同視之；亦不可認為，王太尉語證明鄭文所批評的「今人」觀點為非，而鄭文的觀點為是。王太尉完全可能「較今人更明曉此典故的真正意義」，唯其明曉，故能巧妙化用，以不落俗套。否則依鄭文主張，王太尉語「與之同歸」之「歸」，又該作

何解釋？亦必為「實現那至高的理想（探索到宇宙、人生的奧妙）」矣，此其意雖高，實難為古人之本心，而距「歸」之確詁亦遠矣。

　　總之，鄭文所反映的治學態度、思想方法、論證方式，實多可商，而其「新解」，亦難以成立。

古代小說網，2019 年 4 月

《「不如早為之所」中「所」的訓釋問題》讀後——答吳術燕對拙見之批評

　　《語文建設》（2015.9）吳術燕文《「不如早為之所」中「所」的訓釋問題》（以下簡稱「吳文」），謂鄙書《王力〈古代漢語〉注釋匯考》釋「不如早為之所」之「所」為「宜」，不妥。拜讀之後，覺吳文有如下瑕疵：

一、迴避論敵之主要論據

　　鄙書以為，如果把「為之所」理解為「安排個便於控制的地方」，已經安排了個比巖邑制更便於控制的京，但姜氏無厭，叔段恃寵，再「換地方」也非長遠、根本之計；祭仲之意當不在此。「所」當訓為「宜」。較早之例為：

> 《易‧繫辭下》：「日中為市，致天下之民，聚天下之貨，交易而退，各得其所。」

此外，鄙書尚引「所」此義二十餘例，如：

> 《詩‧曹風‧下泉》毛序：「《下泉》，思治也。曹人疾共公侵刻下民，不得其所，憂而思明王賢伯也。」

> 《左傳‧文公二年》：「吾以勇求右，無勇而黜，亦其所也。謂上不我知，黜而宜，乃知我矣。」按，「黜而宜」正申「無勇而黜，亦其所也」之義。

> 又《十七年》：「十七年春，晉荀林父、衛孔達……伐宋，討曰：

　　『何故弒君？』猶立文公而還。卿不書，失其所也。」

　　　　又《襄公二十年》：「若上之所為，而民亦為之，乃其所也。」

　　　　又《二十三年》：「孺子秩固其所也。」

按，例多不遍舉。筆者強調，「早為之所」之「所」亦當作「宜、適宜」解，祭仲語意在暗示莊公對公叔段應及早採取適宜的措施（不排除驅逐、禁錮、甚至殺掉）。吳文對鄙書「所」作「宜、適宜」解之數十例視而不見，未置一辭，其違背駁論文之通例亦已甚矣。

二、認識糊塗

　　吳文謂「我們通過對《左傳》中「為之 X」結構的考察，確定「所」應訓釋為『處所，地方』，而訓為『宜』不妥。」而觀其 31 例《左傳》文句，無一「所」字，多論「為」字，近於顧左右而言他。吳文又詳論《左傳》中「為之 X」分為兩種結構、有何區別，「為之所」意義已凝固為「處置」或「殺」，唯不闡述「所」為何應訓釋為「處所，地方」——隔靴搔癢，不中肯綮，是其糊塗處一也。

　　吳文又謂：「從語用角度來說，明顯，後者（主張『所，地方』）優於前者（主張『所，適宜的措施』）。」何以「明顯優於」？吳文也不作論述，只引日人竹添光鴻《左氏會箋》一段話，其言又不足以證明吳說之優、鄙說之劣——有論點而乏論證，是其糊塗處二也。

　　上文言及，吳文引了《左氏會箋》一段話，以證明釋「所」為「地方」之說「明顯優於」鄙書釋「所」為「適宜的措施」之說。而吳氏大概未看明白，《左氏會箋》語意與鄙書之見略同——彼曰：「然則早為之所，謂及今區處之也。或抑裁，或變制，或逐或殺，皆在其中。」「及今」釋「早」；「區處之」釋「為之所」。而鄙書以為，祭仲語意在暗示莊公對公叔段及早採取適宜的措施（不排除驅逐、禁錮、甚至殺掉），不與《會箋》略同乎？只不過《會箋》沒有明釋「所」為「適宜的措施」，其文意則暗含之矣——吳氏不辨文義，是其糊塗處三也。

　　吳文並引竹添光鴻《左氏會箋》：「尚書無逸君子所其無逸。詩殷武有截其所。鄭玄曰：『所猶處』。然則早為之所。謂及今區處之也……」吳文引時，只給「鄭玄曰：『所猶處』」加了現代標點，其他部分，一仍其舊，僅以句號斷

句。何哉？我們斗膽推斷，吳氏未明其文義。根據有二：一是「《尚書‧無逸》
『君子所其無逸』」與「《詩‧殷武》『有截其所』」，其中的兩個「所」字，詞
義、用法肯定不同：前「所」，宜也（參見鄙文《國學傳承中的訓詁問題十例》，
《2010 年中國訓詁學研究會論文集》）；後「所」，地方，指荊楚之地。竹添光
鴻混為一談，是竹氏之過；而吳氏仍之不辨，則亦難逃其咎。二是《詩‧殷
武》「有截其所」，鄭玄曰「所猶處」，「處」是「處所，地方」義，名詞，音
chù；而「然則早為之所，謂及今區處之也」是竹添光鴻語，「處」是「處置，
發落」義，動詞，音 chǔ。竹添光鴻又混為一談，古學者語法觀念淡漠，容或
可諒；而今學者吳氏仍之不辨，則難以原諒矣──不辨詞義，是其糊塗處四
也。

　　吳文論述動詞「為」意義時，謂「王力和趙大明都提到了『不如早為之所』
這個例子，王力的解釋是『給』」。其實，「不如早為之所」王力注為：「不如早
點安排他個地方。意指早點給段換個便於控制的地方。為，動詞，在這裡指『安
排』之類的意思。之，指共叔段，作『為』的間接賓語。所，處所，『為』的
直接賓語。」為，王力明明注為「在這裡指『安排』之類的意思」，吳氏見其
釋義中有「給」字，則曰，為，「王力的解釋是『給』」──斷章取義，莫此為
甚，是其糊塗處五也。

三、文字、語法多誤

　　吳文謂，王力《古代漢語》「所」訓為「處所」，「所」是本義。吳文此說，
有何根據？《說文‧斤部》：「所，伐木聲也。從斤戶聲。《詩》曰：『伐木所
所』。」今本《詩‧小雅‧伐木》作「伐木許許」。段玉裁注：「『伐木聲』乃此
字本義，用為『處所』者，假借為『處』字也。」而吳氏不考《說文》，故有
此誤。

　　吳文在所舉《左傳》「為之 X」例之前，聲稱「根據何樂士《〈左傳〉虛詞
研究》，把『為』作為介詞的情形排除在外。在《左傳》中找出符合我們所探討
的『為之 X』的例句」。可是其例 31：

　　　　《哀公十二年》：「及宋平、元之族自蕭奔鄭，鄭人為之城巖、

　　　　戈、錫。」

按，其句上文為：「宋鄭之間有隙地焉，曰彌作、頃丘、玉暢、巖、戈、錫。」

杜預注：「城以處平、元之族。」則「鄭人為之城岩、戈、錫（音 yáng，吳文誤為『錫』）」，句意是「鄭人為宋平、元之族修建岩、戈、錫三地的城牆以安頓其人」。「為」非動詞，乃介詞。此為吳氏詞性判斷錯誤。

其例 16：

　　《襄公十四年》：「有君而為之二，使師保之，勿使過度。」

按，「二」，原文作「貳」，杜注：「貳，卿佐。」雖然「二」可通「貳」，然擅改原文，究為不當。查其原因，恐因吳氏不知「貳」、「二」之別。

其例 28：

　　《哀公元年》：「澆使椒求之，逃奔有虞，為之庖正，以除其害。」

按，庖正，即庖人之長。杜預注：「庖正，掌膳羞之官。」「炮正」則文不成義。

四、詞義判斷多誤

吳文所謂「《左傳》『為之 X』中，『之 X』為領屬結構時，『為之 X』是單賓結構」、「『不如早為之所』中，『為』有『給予』義，訓為『給』或『安排』都可以」云云，對詞義多主觀臆斷，與《左傳》語言實際不符。如吳文所謂「為」有「給予」義的，自己統計共 16 例（包括吳文誤認為動詞、其實當為介詞的第 31 例）。但筆者以實校之，至少如下諸例「為」不宜訓為「給予」：

　　2.《閔公元年》：「分之都城而位以卿，先為之極，又焉得立？」

　　5.《文公六年》：「著之話言，為之律度。」

　　9.《宣公三年》：「百物而為之備，使民知神、姦。」

　　16.《襄公十四年》：「有君而為之二（當為『貳』），使師保之，勿使過度。」

　　17.《襄公十六年》：「是好勇，去之以為之名。」

　　19.《襄公二十八年》：「為之制度，使無遷也。」

　　20.《昭公七年》：「鬼有所歸，乃不為厲，吾為之歸也。」

　　24.《昭公二十五年》：「邱氏為之金距。」

　　26.《昭公二十九年》：「公將為之檟。」（吳文原注：之，代馬，給馬做棺材。）

　　30.《左傳·哀公十一年》：「而為之一宮，如二妻。」

分別說來，2. 先為之極，把大子申生安排到極高地位（城曲沃、將下軍）。5. 為之律度，為百姓制定鍾律度量。9. 百物而為之備，畫鬼神百物之形，使民預先有所防備。16. 有君而為之貳，立君王又為他立輔佐之卿。17. 去之以為之名，避開他以讓他得到勇敢的名聲。19. 為之制度，給百姓制定法度。20. 吾為之歸，我給鬼安排個歸宿。24. 郈氏為之金距，郈氏給鬥雞安裝了銅的腳爪。26. 公將為之櫝，公將給馬打造棺材。30. 而為之一宮，把兩個女人安頓在一所住宅裏──諸「為」字，都不宜簡單地訓為「給予」。此 16 例中，11 例不可靠，其判斷能力實不敢恭維。

五、推理方式簡單、邏輯混亂

　　這種毛病，吳文中幾乎隨處可見。即如其結語部分，吳氏謂：「富本採用杜解觀點，顧炎武不贊同杜說。」此論很令人不解：「顧炎武不贊同杜說」，杜說就錯了麼？吳氏又曰：「楊伯峻在《春秋左傳注》中把『所』訓為『處所，地方』⋯⋯楊伯峻的訓釋很貼切。」吳氏認為「楊伯峻的訓釋很貼切」，楊的訓釋就真的貼切了麼？吳氏隨即又曰：「洪本健在《解題匯評古文觀止》中解釋為『或裁抑，或變置』也是可以的。徐中玉在《古文鑒賞大辭典》中解釋為『早給他安排個地方』也是對的。」簡單武斷姑且不論，更有甚焉：上文「楊伯峻的訓釋很貼切」的，是「把『所』訓為『處所，地方』」；繼而洪本健、徐中玉又解釋為「或裁抑，或變置」、「早給他安排個地方」，又指什麼？吳文之事理邏輯豈能一貫？

　　總之，吳文從知識到論述，皆多疏誤，其立論亦難以正確。謹條如上，恕我直言。不當之處，盼吳先生及專家學者、讀者批評教正。

中國古代的農耕

古代的農耕，大約是所謂刀耕火種，即用刀斧之類工具砍去田野裏的雜草樹木，一把火燒光，然後播種。這種原始的耕作習俗，在偏遠山區一直保存了許久。唐詩人劉禹錫被貶到夔州（今四川省奉節縣）任刺史時所作的《竹枝詞》就寫當時當地的耕作情景：「山上層層桃李花，雲間煙火是人家。銀釧金釵來負水，長刀短笠去燒畬。」燒畬（shē）即燒荒種田。

而中原地帶，早就出現了耒耜。據傳說耒耜是上古部落聯盟領袖神農氏發明的。《周易·繫辭下》說：「神農氏作，斫木為耜，揉木為耒，耒耜之利，以教天下。」據此描寫，耒耜是一種木鍬類工具：下部挖土的部分「耜」銳利，故加工時須「斫」；上部手持的柄略彎曲，故加工時須「揉」。「揉」字也作「煣」，是用火烤或水煮而使木料彎曲的加工方法。

金屬使用以後，耒耜上的「耜」換成了銅的或鐵的，自然更加堅固、銳利，這種鍤類農具，類似今之鐵鍬，可以手推、足踏而發土。《說文·木部》：「枱，耒也。」枱即古耜字，耒即古鍤字。枱字又作梩、枱，《說文·木部》：「枱，枱端（端）也。」《周禮·地官司徒·鄉師》：「一斧、一斤、一鑿、一梩、一鋤。」唐賈公彥疏引《司馬法》曰：「云一梩者，或解以為插（鍤）也，或解以為鍬也，鍬插亦不殊。」

什麼叫耕地？其實就是用耒耜（即鍤或鍬）掘出一道道溝——壟溝，以備播種。必須說明，古代種子是播在壟溝裏的。這壟溝有定制：寬、深各一尺。

要達到這個標準，最適於採用「耦耕」的辦法：兩人並排，每人手持頭部半尺寬、一尺長的耒耜（即銚或鍬），掘出的壟溝叫做畎（字又作〈、𤰒），恰好一尺深一尺寬，一次成型（單人耕作則需要一去一回方能掘出一畎）。掘出的土堆於畎旁，耦耕者再掘出一道「畎」時，畎旁的堆土就成了「壟」，也叫「畝」，理論上是高寬各一尺。這樣，耕好的田地就成了「畎畝」，也叫「壟畝」，都代指田地。《國語・周語下》：「天所崇之子孫，或在畎畝。」吳韋昭注：「下曰畎，高曰畝。畝，壟也。」《孟子・告子下》「舜發於畎畝之中」，《三國志・蜀書・諸葛亮傳》「亮躬耕壟畝」，皆此意。

這種「畎畝」制度經由國家規定。《周禮・冬官考工記・匠人》記載：「匠人為溝洫，耜廣五寸，二耜為耦，一耦之伐，廣尺深尺謂之畎。」《漢書・食貨志上》也提倡這種被稱為「代田」的畎畝耕種方式：「（趙）過能為代田，一畝三畎，歲代處，故曰代田，古法也。后稷始畎田，以二耜為耦，廣尺深尺曰畎，長終畝，一畝三畎，一夫三百畎，而播種於畎中。苗生〔三〕（按，據清學者王念孫《讀書雜志・漢書第四》補，下文「壯、平」同）葉以上，稍〔壯〕，耨壟草，因隤其土以附苗根。故其《詩》曰：『或耘或耔，黍稷儗儗。』耘，除草也；耔，附根也。言苗稍壯，每耨則附根，比盛暑，壟盡〔平〕而根深，能（耐）風與旱，故儗儗而盛也。」據此，用二耜耦耕出來的深寬各一尺的畎即今所謂壟溝，「播種於畎中」即在壟溝中播種；苗壯鋤草時，把壟臺上的土漸鋤下來壅埋苗根。經幾次鋤草，盛暑時壟臺已平而苗根愈深。「歲代處」即每年畎壟互換，以休養地力。這就是古耦耕之法。

有一點需要說明，《漢書・食貨志上》所說的「播種於畎中」，即在壟溝中播種，這與現代人播種於壟臺上正好相反。到底從什麼時代起從「播種於畎中」變為播種於壟上的？一時還說不清楚，估計也是一個漸變的過程。或者可以說現在也還有「播種於畎中」的：一般在菜畦上，不大多是劃溝後直接播種於溝中嗎？

可以肯定的是，清代時，在壟臺上播種就已經很久了。對在壟溝中播種這種耕作方式，清人已經感到不可理解。如著名學者段玉裁在《說文解字注》「〈部」引《漢書・食貨志上》文時釋道：「『播種於畎中』者，畎中猶畎間，播種於兩畎之間也。」「兩畎之間」，不正是壟上嗎？究其誤解之由，固因「增字解經」，憑空把「畎中」曲解為「兩畎之間」，而其實還是因為不理解古代的

耕作制度。

這種耦耕之法，可以兩人操作，如《論語·微子》「長沮桀溺耦而耕」，也可以用於大規模集體勞動，如《詩經·周頌·噫嘻》說「噫嘻成王，既昭假爾。率時農夫，播厥百穀。駿發爾私，終三十里。亦服爾耕，十千維耦」，「十千維耦」可是萬人耦耕啊！

還有一個常見的誤解，即認為耦耕是「兩人各執一耜（犁），同耕一尺寬之地（兩耜合耕，耕出之地的寬度恰為一尺）」（王力《古代漢語》第一冊，《論語·微子》注）。用兩犁耦耕，「同耕一尺寬之地」，這是很難想像的，實不可能。犁多用於牛耕，牛耕在我國雖然出現很早（《左傳·襄公二十九年》：「顓頊氏有子曰犁，為祝融。」是否顓頊氏時就有了牛犁？《尚書·武成》：「王來自商，至於豐，乃偃武修文，歸馬於華山之陽，放牛於桃林之野，示天下弗服。」說明周初馬牛還一般只用於作戰、運輸，不用於農耕。孔子學生司馬耕字子牛，冉耕字伯牛，說明至晚在春秋末已使用牛犁），但在犁耕未推廣的時代或雖已有犁但未使用犁的地方或情況下，耒耜非犁，乃鋤或鍬類農具，或單人勞作，或兩耜並掘，是謂耦耕。

這樣，就可以澄清對《詩經·豳風·七月》「三之日于耜，四之日舉趾」之「舉趾」的誤解了──有把「舉趾」釋為「抬腳下地」的。實際兩句意思是：夏曆正月修整耒耜，夏曆二月就抬腳踏耒耜耕地。因用耒耜掘地必以腳踏以助力，故以「舉趾」代指耕田。

人用耒耜耕地必須倒退而行，故《淮南子·繆稱》說：「夫織者日以進，耕者日以卻，事相反，成功一也。」高誘注：「卻，謂耕者卻行。」若以牛犁耕，則何能「卻行」？這又說明，漢初耕地，也基本是人耕而非牛耕。《淮南子·主術》又說：「夫民之為生也，一人跖耒而耕，不過十畝。」高誘注：「跖，蹈。」曹植《籍田賦》：「尊趾勤於耒耜，玉手勞於耕耘。」則益明人力耕田必「舉趾」「跖耒」，即「舉足而耕」。

用犁耦耕，春秋時可能已有端倪，《管子·牧民》就有「丈夫二犁，童五尺一犁」的記載；《漢書·食貨志上》：「用耦犁，二牛三人。」耦犁，當是將兩犁並排固定，相當於現代的雙鏵犁，一次便可耕出兩條「廣尺深尺」的「畝」。但無論如何，用犁耦耕，與用耜（鋤）耦耕不同；且用犁耦耕，勢難推廣，故歷史記載亦為罕見。

《學術集林》卷十五載已故學者聞宥先生《致徐中舒論學書札》,其第一封即引宋周去非《嶺外代答‧風土門》「踏犁」條:

> 靜江民頗力於田,其耕地,先施人工踏犁,乃以牛平之。踏犁形如匙,長六尺許,末施橫木一尺餘,此兩手所捉處也。犁柄之中,於其左邊施短柄焉,此左腳所踏處也。踏可耕三尺,則釋左腳,而以兩手翻泥,謂之一進。迤邐而前,泥壟悉成行列,不異牛耕。予嘗料之,踏犁五日,可當牛犁一日,又不若牛犁之深於土。問之,乃惜牛耳。……若夫無牛之處,則踏犁之法,胡可廢也?又廣人荊棘費鋤之地,三人二踏犁,夾掘一穴,方可五尺,宿莽巨根,無不翻舉,甚易為功,此法不可以不存。

謂「此腳犁耦耕係從江苗族風尚」。中原地區亦有遺留。《宋史‧食貨志上一》:

> 真宗景德初,……河朔戎寇之後,耕具頗闕,牛多瘴死。二年,內出踏犁式,詔河北轉運使詢於民間,如可用,則官造給之。

則「踏犁」法亦為以足踏耒發土的改進形式,但未見推廣,大約多須「官造」,仍不及以足踏耒發土之簡便易行耳。

西周有一種「籍田」制度,就是立春日天子率領百官親自到一塊一千畝的農田上,耕幾下地,給百姓做做樣子,以鼓勵天下百姓努力耕作,然後借民眾之力把地耕完。那儀式是相當隆重的:頭五天,君王要齋戒三日,到立春日,君王要以鬱鬯(一種香酒)祭祀,然後百官、庶民畢從,呼呼啦啦,一大幫人,到了籍田。主管農業技術的官后稷監督,管御膳的官與職掌農事的官宣布籍田禮儀,太史服侍君王,君王畢恭畢敬地聽從。君王先挖一鍬土,然後官員們每人按官職高低,依次多挖三倍——公挖三鍬,卿挖九鍬,大夫挖二十七鍬,然後由百姓把一千畝地耕完。后稷檢查耕地質量、功效,太史監督官員勞動;司徒料理百姓,太師監督百姓勞動。勞動結束,廚師擺上酒食,管御膳的官監督,並侍奉君王。君王嗅嗅牛、羊、豬三牲的香氣而已,官員們略嘗一嘗,然後百姓一擁而上,吃完為止。

《國語‧周語上》原文為「王耕一墢,班三之」,而《禮記‧月令》記為「天子三推,三公五推,卿諸侯九推。」所記天子、官員們的工作量略有不同。按,《國語》「墢」即一耜所發之土,《禮記‧月令》作「推」,也是用耒耜掘土時雙手推送的動作。孔穎達疏徑作「發」。《呂氏春秋‧孟春紀》記此事,高誘

注亦作「發」，清畢沅新校正：「《說文》作『坺』，云『一臿土也』。」字或作「撥」。這種帝王籍田制度時斷時續。唐劉肅寫的筆記《大唐新語·釐革》說：

> 自古帝王必躬籍田，以展三推終畝之禮。開元二十三年正月，
> 玄宗親耕於雒陽東門之外。諸儒奏議，以古者耦耕以一撥為一推，
> 其禮久廢。今用牛耕，宜以一步為一推。及行事，太常卿奏，三推
> 而止。於是公卿以下，皆過於古制。

「古者耦耕以一撥為一推」，即以足踏耒發土一次；牛耕則連續發土，無法以「墢（發、撥、坺）」計算幾推——實則「推」也是人踏耒而耕時手的動作，故改為「以一步為一推」。

可見古代君王籍田，三國時代，也還是用耒耜挖土的（曹植《籍田賦》「尊趾勤於耒耜，玉手勞於耕耘」，不就是說「籍田」累的是君王的「尊趾」與「玉手」麼）。但唐劉肅說「其禮久廢」，不知何時廢的。有明確記載的，到唐代，君王籍田也用牛耕了，新技術總算是普及了。

這種適用於「耦耕」（以後為牛拉犁耕代替）而普遍在中原施行的「畎畝」耕作方式，又形成了我國農田的一種有趣現象，即不同地塊，其「畎畝」的走向並不固定，而依地勢、水流等因素，由農夫自行規劃，而大體不外南北壟與東西壟。因「畝」本義即是壟，故南北壟簡稱南畝，東西壟簡稱東畝；不稱「北畝、西畝」者，舉南、東以概北、西耳。《詩經·小雅·信南山》：「我疆我理，南東其畝。」毛傳：「或南或東。」孔穎達疏：「分我天下土宜之理而隨事之便，使南東其畝。」東西曰衡，南北曰縱，故「南東其畝」又說成「衡從（縱）其畝」。《詩經·齊風·南山》：「蓺麻如之何？衡從其畝。」《左傳·成公二年》載齊晉鞍之戰，齊大敗，晉人講和條件有二，其一即是「使齊之封內盡東其畝」，即要求齊國把境內耕地全改為東西壟，以便此後從西而來的晉國兵車能順利入侵齊國。齊使者賓媚人便說：「先王疆理天下，物土之宜而布其利，故《詩》曰：『我疆我理，南東其畝。』今吾子疆理諸侯，而曰『盡東其畝』而已，唯吾子戎車是利，無顧土宜，其無乃非先王之命也乎？」駁得晉軍統帥啞口無言，只得放棄這一無理要求。因「南畝」（南北壟）田地較為普遍，後因以泛指田地。如《詩經·豳風·七月》：「同我婦子，饁彼南畝。」南畝，毛鄭皆不釋，說明是盡人皆知的常用詞。而今人多不解。《漢語大辭典·十部》遂釋為「謂農田。南坡向陽，利於農作物生長，古人田土多向南開闢，故稱。」

此說本不通：南坡固向陽，然耕地多在平野，平地又有何向陽與否之別？其實南畝本指南北壟的田地，後即泛指農田。

《文史知識》，2019 年 3 月

周代農民生活管窺

　　史載周武王滅殷，訪於殷的賢人、紂親戚箕子，求問治國大法。箕子陳述《洪範》九條，第三條為八政，八政的第一項，就是「食」。這有兩個涵義：一是農民占人口的絕大多數，要解決他們的吃飯問題；二是天下人吃飯要靠農民。所以「食」（謂農殖嘉穀可食之物）的根本問題是農民問題，這是歷代明智的統治者都心知肚明的：治國安民的根本，就是善待農民。

　　古代民分四等：士、農、工、商，各有專業：學以居位曰士，闢土殖穀曰農，作巧成器曰工，通財鬻貨曰商（《漢書‧食貨志上》）。第一等是士，「學以居位」──通過學習以取得官位者，所以有人把「士」解釋為「讀書人」或「官員的後備軍」，都不錯。農民占第二位，僅次於「士」，地位不算低了，這是因為他們自食其力，並供養天下人，在社會經濟中占重要地位。在自給自足的落後的農業社會，「作巧成器」的工匠地位自然遠遜於農民。又由於他們要為上層統治者加工製造奇珍異寶，以滿足其遊玩享樂的需要，以致有些知識分子出身的官員遷怒於他們，說他們「作為淫巧，以蕩上心」（《禮記‧月令》），所以他們只能排在「民」中的第三位。至於商人，因為他們不能創造財富，而被認為只是投機取巧、羅賤販貴、囤積居奇以逐利致富，遂被列為民中最下等，與「工」一起被貶稱為「末技遊食之民」（賈誼《論積貯疏》），而受到鄙視。

　　「農」的地位既重要，人口又最多，故統治者以農民為主體而安排居民。西周施行井田制：井方一里，共九百畝土地，八家農戶，各受私田一百畝、公

田十畝，共八百八十畝，剩餘二十畝作為農民春夏秋三個農事季節在其田野中的廬舍（簡易的棚屋）兼場圃桑林用地。使他們「出入相友，守望相助，疾病相扶持，則百姓親睦」（《周禮·冬官考工記·匠人》），受到的教化一致，為公私生產付出的勞力也大致均衡——統治者的指導思想就是「不患貧而患不均，不患寡而患不安；蓋均無貧，和無寡，安無傾」（《論語·季氏》）：讓大家四面顧望對比，彼此生活境況都差不多，誰還能心懷不滿呢！

那時是這樣給農民分配農田的：田地按質量分為三等，上等田地每個農夫一百畝，中等田地每個農夫二百畝，下等田地每個農夫三百畝。每年都能耕種、無須休耕的是不改換的上等田地；耕種一年須休耕一年的是改換一次的中等田地；耕種一年須休耕二年的是改換兩次的下等田地。為使大家不致苦樂不均，每過三年各家便交換耕種這三種田地及廬舍。《說文·走部》：「𧼘，𧼘田，易居也。」段玉裁注：「《遂人》（《周禮·冬官考工記》官名）：『辨其野之土，上地、中地、下地，以頒田里。上地夫一廛，田百畝，萊五十畝；中地夫一廛，田百畝，萊百畝；下地夫一廛，田百畝，萊二百畝。』注：『萊，謂休不耕者。』《公羊》何注曰：『司空謹別田之高下美惡，分為三品，上田一歲一墾，中田二歲一墾，下田三歲一墾。肥饒不得獨樂，磽埆不得獨苦，故三年一換主易居，財均力平。』」這倒是很公平合理的土地使用方法。

𧼘（yuán）田，字又作爰（yuán，交換）田，《左傳·僖公十五年》：「晉於是乎作爰田。」孔穎達疏：「服虔、孔晁皆云：『爰，易也。賞眾以田，易其疆畔。』」易其疆畔，正是交換田地。又作原田，《僖公二十八年》：「原田每每，舍其舊而新是謀。」以田地廬舍當換易，故「舍其舊而新是謀」也。其字又作「宣」，《詩經·大雅·公劉》「既順迺宣」、《緜》「迺宣迺畝」，「宣」鄭玄箋都釋為「時耕」，也都是「𧼘」的古字。明白了𧼘田的道理，上面的語句就可以讀懂了。

那時的農民，先要種好公田，公田的收成全都上交公家。《詩經·大雅·大田》：「有渰萋萋，興雨（雨，當作雲）祁祁。雨我公田，遂及我私。」農民的願望是極其樸實的：雨先澆到公田上，然後自然就澆到我們的私田啦！

國家規定，種穀必雜種五種，以備災害；田中不得有樹，因妨害五穀。要盡力耕作，多次除草，收穫時要搶收搶運，如同寇盜將至，以防止突發災害。環繞廬舍要栽種桑樹，有菜畦，田埂地邊種瓜果，以補給簡樸的生活。《詩經·

小雅·信南山》:「中田有廬,疆埸有瓜。是剝是菹,獻之皇祖。」可知先民食瓜之餘,還醃漬瓜菹,吃著可口,就用來祭祖。雞、豬、狗等要及時豢養,婦女養蠶織布,百姓五十歲以上的人就能穿上帛製的衣服,七十歲以上的人就可以吃上肉食了。

這還是頗具有人情味的:《禮記·王制》論述人逐漸衰老、體質下降的表現是:「五十始衰,六十非肉不飽,七十非帛不暖,八十非人不暖,九十雖得人不暖矣。」這真是說到了老人的心裏:「七十非帛不暖」,老人經常慨歎:人老了,「火力」不旺了!手腳總好發涼。冬天再穿亂麻絮的袍子就受不了啦,必須穿絲綿絮的袍子才暖和。「八十非人不暖」,怪不得以前冬天的時候,孝順的孫輩常要給爺奶「焐被窩」。可是人到了九十歲,「焐被窩」也不中用了——「九十雖得人不暖矣」!難怪史書上多有賜「鰥寡孤獨高年帛」的記載。

農民的生活是艱苦的。《詩經·豳風·七月》描述說「六月食郁及薁,七月亨葵及菽。八月剝棗,十月穫稻。為此春酒,以介眉壽。七月食瓜,八月斷壺,九月叔苴,采荼薪樗,食我農夫。」郁(yù),李的一種。薁(yù),蘡薁。野葡萄(或說是山韭)。葵,一種菜。菽,豆,這裡指豆葉。剝(pū)棗即攴(輕打)棗。壺,葫蘆,嫩時可蒸食。叔苴(jū)即摘取麻的種子,可食。應該知道,「食郁及薁、烹葵及菽、剝(攴)棗、食瓜、斷壺、叔苴」,皆為隨時摘食可食之物以充饑果腹,以解青黃不接之急。鄭玄箋解釋:「瓜瓠之畜,麻實之糝,乾荼之菜,惡木之薪,亦所以助男養農夫之具。」

等到莊稼成熟了,收穫了,農民就要離開田野中的廬舍,回到邑中住所,那裏房屋暖和些,以度過寒冬。《漢書·食貨志上》說:「在野曰廬,在邑曰里。五家為鄰,五鄰為里,四里為族,五族為黨,五黨為州,五州為鄉。鄉,萬二千五百戶也。春令民畢出在野,冬則畢入於邑。其《詩》曰:『四之日舉止(趾),同我婦子,饁彼南畝。』又曰:『十月蟋蟀,入我床下』,『嗟我婦子,聿為改歲,入此室處。』所以順陰陽,備寇賊,習禮文也。」這是引用《詩經·豳風·七月》的詩句,敘述豳地農民入邑過冬的情況。詩中還有「穹窒熏鼠,塞向墐戶」的話,意思是重回過冬居所之前,要塗抹牆縫薰老鼠,堵塞北窗塗門扇——因農家門扇往往用蓬(蒿杆兒)或篳(竹木條)捆紮而成,透風,所以入冬前要用稀泥塗抹。

　　古代治民，規矩是嚴格的，基層官吏也往往是很負責任的。據《漢書‧食貨志上》記載，開春邑中居民將出田野耕作以前，里中官員、鄰長（管五家的小官）天明時要坐在里巷大門兩旁，待里中居民全部出去之後再回家，晚上居民從田野上回來時也是如此。進入里門的人必須攜帶柴草，輕重有別，頭髮斑白的人則不拿東西。冬季，百姓回到邑中後，同巷的婦人要夜間相聚紡績，因此女工工時一個月能增加到四十五天。相聚夜作，不僅為增加勞動時間，也是為了節省燭火，互相交流技術，協和習俗。人們有悲痛不如意之事，趁機歌詠吟唱，各自傾訴其傷感之情。

　　里中官員監督居民出勤勞動，是為防止懶漢、二流子之流白天泡在里巷中，妨礙生產與治安；晚上監督回邑者是否帶回柴草，大概是為防火災，里巷中一般不多儲備堆集柴草，平時現打現用；而若有不帶回柴草者，無以炊爨，勢必偷取於鄰居，便易引發糾紛。讓婦女聚集夜作，除了促進生產，還可借機緩解人民心中的不良情緒，也讓政府得以瞭解民間疾苦：可見當時治民者之良苦用心。

　　到初春，在邑中群居的人將要分散到農田中去居住勞動了，朝廷便派出來一些采詩的使者，搖著木舌銅鈴，在路上巡行，向居民徵詢民歌民謠，獻給樂官太師。太師整理其樂曲或配上新曲，演奏給天子聽。這樣，既豐富了宮中的音樂，也使天子瞭解民俗與百姓的疾苦。

　　《漢書‧食貨志上》評論說：「是以聖王域民，築城郭以居之；製廬井以均之；開市肆以通之；設庠序（學校）以教之。」當時「里有序而鄉有庠」。賈誼《論積貯疏》說「古之治天下，至纖至悉也」，還真像是那麼回事。

　　經過庠序的教育，出眾的農夫有機會當官嗎？有。《詩經‧小雅‧甫田》：「今適南畝，或耘或籽，黍稷薿薿。攸介攸止，烝我髦士。」烝，進也。髦士，英俊之士。這是說於勞動休息時選拔賢士。鄭玄箋：「禮，使民鋤作耘籽，間暇則於廬舍及所止息之處，以道藝相講肄，以進其為俊士之行。」孔穎達疏：「又得進我民人成為髦俊之士。由倉廩實知禮節，故豐年多獲，髦士所以得進也。」《爾雅‧釋言》：「髦士，官也。」郭璞注：「取俊士令居官。」什麼官呢：也就是鄰長、里長之類。鄰長爵位是下士，里長大約是中士，逐漸升上去，到鄉（一萬二千五百家）一級就是卿了。

　　那時的百姓心氣大抵也是平和的。《詩經‧大雅‧大田》這樣寫農民收割：

「彼有不穫穉，此有不斂穧；彼有遺秉，此有滯穗：伊寡婦之利。」意思是：那裏有未割的嫩禾，這裏有未捆的禾；那裏有掉下的成把禾，這裏有漏割的禾穗：這是寡婦的專利。這種憐憫貧者弱者的遺風流俗，一直保留到後代。唐詩人白居易在《觀刈麥》中寫道：「復有貧婦人，抱子在其傍。右手秉遺穗，左臂懸敝筐。聽其相顧言，聞者為悲傷。家田輸稅盡，拾此充饑腸。」看來割麥人對這「貧婦人」的行為是默許的：因為古詩說了：「伊寡婦之利」呀！

然而「周室既衰，暴君污吏慢其經界，徭役橫作，政令不信，上下相詐，公田不治……於是上貪民怨」（《漢書·食貨志上》），於是在魯宣公十五年（前594年）「初稅畝」：廢除井田制，按田畝徵稅。「履畝而稅」，即莊稼成熟時，公家派人到田野中實地考察，選擇田畝中穀物最好者收取稅穀。《論語·顏淵》記魯哀公問孔子的學生有若，說：「年成不好，鬧饑荒，費用不足，怎麼辦呢？」有若回答說：『為什麼不用十中取一的稅制呢？』魯哀公說：「十中取二，我還不夠呢，怎麼能用十中取一的稅制呢？」十中取一，看來就是周初施行的每家農戶各受私田一百畝、公田十畝的土地使用及納稅方式，春秋末的魯哀公早已經嫌不夠了。於是就有了《禮記·檀弓下》所記的悲劇：孔子乘車經過泰山側，見有婦人在墳墓旁哭，極其悲哀。孔子雙手憑軾，十分注意地傾聽。讓子路問她說：「您這麼痛哭，好像有很深重悲哀吧？」那婦人果然說：「是的。以前我公公被虎咬死了，後來我丈夫又被虎咬死了，現在我兒子又被虎咬死了！」孔子問：「那為什麼不離開此地呢？」回答說：「這裡沒有殘暴的政治。」說明當時殘暴的政治已經把百姓逼到了寧可在虎患嚴重地區謀生的地步了。《孟子·梁惠王上》也慨歎農民「仰不足以事父母，俯不足以畜妻子，樂歲終身苦，凶年不免於死亡」。而「仰足以事父母，俯足以畜妻子，樂歲終身飽，凶年免於死亡」（同上），也就成了當時農民的最大願望了。

《文史知識》，2019 年 5 月

周秦漢時代的商人階層

古有所謂「四民」之說。《漢書・食貨志上》：「學以居位曰士，闢土殖穀曰農，作巧成器曰工，通財鬻貨曰商。」「士」一般是官宦富戶子弟，當然也有貧苦的讀書人，他們要通過學習以取得官位，當然被認為很高尚，故位居四民之首。農民辛苦種地，自食其力，並供養天下人，在社會經濟中占重要地位，故位居第二。在自給自足的落後的農業社會中，「作巧成器」的工匠地位自然遠遜於農民。又由於他們要為上層統治者及富豪加工製造奇珍異寶，以滿足其遊玩享樂的需要，以致有些知識分子出身的官員遷怒於他們，說他們「作為淫巧，以蕩上心」（《禮記・月令》），所以他們只能排在「民」中的第三位。

至於商人的職業特點，《國語・越語上》寫句踐被吳王夫差圍困在會稽山上，向臣下諮詢救國之策，謀士文種建議他平時就要注意尋覓、網羅謀臣，舉了商人經商事來打比方，有生動的描寫：「賈人夏則資（積蓄）皮，冬則資絺（音 chī，細葛布），旱則資舟，水則資車，以待乏也。」韋昭注：「賈人，買賤賣貴者。」只是羅賤販貴、囤積居奇以逐利，不能創造財富，官方也認為他們有不願辛苦勞動、而偏好投機取巧的人格缺欠，遂被列為民中最下等。與「工」一起被貶稱為「末技遊食之民」（賈誼《論積貯疏》），而受到歧視。先秦如此，漢代尤甚。

首先，是統治者以國家的名義，制定對商人的歧視政策。《史記・平準書》記述：「天下已平，高祖乃令賈人不得衣絲乘車，重租稅以困辱之。孝惠、高后

時，為天下初定，復弛商賈之律，然市井之子孫亦不得仕宦為吏。」（《漢書‧高帝紀下》：「賈人毋得衣錦、繡、綺、縠、絺、紵、罽，操兵，乘騎馬」），就是說，商人不能穿精細的經過加工的絲帛衣服，不能乘車騎馬，不得帶兵器，租稅重。後來略有改善，但其子孫仍不得當官。

更嚴重的是，戰時，商人及其子孫要與罪人一起，被徵發去當兵打仗——眾所周知，當兵打仗是要命的事，一般人誰願意去？所以除了大規模的戰爭需要全民總動員以外，一般的情況下，古代就讓罪犯去。有些游手好閒的潑皮無賴、亡命之徒，或為走投無路而吃軍糧，或為出人頭地穿軍服，也往往混跡其中。故古語云：「好人不當兵，當兵沒好人。」當然，也有好人激於公義，或為立功封爵而當兵的，那叫「勇敢士」或「良家子」，如《史記‧李將軍列傳》「孝文帝十四年，匈奴大入蕭關，而廣以良家子從軍擊胡」及曹植《白馬篇》「幽并遊俠兒」之類，那數量是有限的。《史記‧秦始皇本紀》就有「三十三年，發諸嘗逋亡人、贅婿、賈人略取陸梁地」的記載。漢代徵兵，又有所謂「七科讁（zhé）」之說（古書多作「七科適」）。《史記‧大宛列傳》記載漢武帝時擊匈奴：「益發戍甲卒十八萬酒泉、張掖北，置居延、休屠以衛酒泉，而發天下七科適，及載糒給貳師。」《漢書‧武帝紀》記為「發天下七科讁及勇敢士，遣貳師將軍李廣利將六萬騎、步兵七萬人出朔方。」什麼叫「七科適」（即「七科讁」）？科，是「法規，刑律」之義，諸葛亮《前出師表》有「作奸犯科」語。讁，是「處罰，懲罰」之義。「七科讁」，即「對七種犯法者的懲罰」。哪七種呢？《史記》張守節正義引張晏說：「吏有罪一，亡命二，贅婿三，賈人四，故有市籍五，父母有市籍六，大父母有籍七：凡七科。」分別釋之：吏有罪，是有罪官員。古代官員待遇極高，俸祿極厚，當了官即可發財，養尊處優，但對其罪過懲罰也極嚴厲：官員徇私枉法，貪贓舞弊，錯殺無辜，誤保舉壞人，都是重罪。亡命，指犯罪後為逃避刑罪，拋棄戶籍改變姓名而逃亡在外，即所謂「亡命之徒」，也即《秦始皇本紀》所謂「逋亡人」。贅婿，即所謂「上門女婿」。「上門女婿」不自立門戶，等於變相逃稅，故視同犯罪。賈人不必說，平時即受歧視，不齒於「良民」，戰時必然去充軍。「故有市籍」，即曾經做過商人的人（古代四民「士、農、工、商」各屬不同的戶籍，商人戶籍叫「市籍」）。「父母有市籍，大父母有籍」，即父母、爺爺奶奶是商人的——不管你本人是何貴幹，都得去充軍！秦始皇還只是讓商人本人充軍，漢代政府卻殃及父母、

爺爺奶奶是商人的！如何？快超過秦始皇一百倍了吧？憶當年「階級路線」，當兵、提幹要「查三代」，看來還真不是「發明創造」——《詩經·周頌·載芟》不云乎：「匪且有且，匪今斯今，振古如茲。」

但是，只看到商人囤積居奇、投機牟利的一面，而忽略商人通有無以便利萬民、推動社會經濟發展的積極作用，當然也是片面的、錯誤的。古代開明的政治家早就看出了這個道理。《鹽鐵論·本議》載漢昭帝時御史大夫桑弘羊引《管子》語：「國有沃野之饒而民不足於食者，器械不備也；有山海之貨而民不足於財者，商工不備也。」並說：「隴、蜀之丹、漆、旄、羽，荊、揚之皮、革、骨、象，江南之楠、梓、竹、箭（一種細竹，適於做矢），燕、齊之魚、鹽、旃（氈）、裘，兗、豫之漆、絲、絺、紵，養生送終之具也，待商而通，待工而成。故聖人作為舟楫之用，以通川谷，服牛駕馬，以達陵陸；致遠窮深，所以交庶物而便百姓。」

然而系統地闡述商業對發展社會經濟的重要作用，公然肯定商人的重要地位、為其正名的，還是著名的史學家司馬遷，他於《史記》七十列傳中的第六十九篇，即作為全書總結及作者自傳的第七十列傳《太史公自序》的前篇，特為商人立傳，名曰《貨殖列傳》——這是商人階層的殊榮，其傳文也可以稱得上是中國歷史上第一篇商業經濟學論文。

在此傳開頭，司馬遷先批評了老子「至治之極，鄰國相望，雞狗之聲相聞，民各甘其食，美其服，安其俗，樂其業，至老死不相往來」的閉塞、保守主張，認為百姓追求富足逸樂，為人之常情；統治者應因勢利導，而不可遏制之，甚至與民爭利。接著，他列舉了中國各地的重要物產以及工商對於生產、交流、利用這些寶物的重要作用：「夫山西饒材、竹、穀、纑（音 lú，麻類植物）、旄、玉石；山東多魚、鹽、漆、絲、聲色；江南出楠、梓、薑、桂、金、錫、連（鉛）、丹沙（即朱砂，深紅色礦物，古代道教徒用以化汞煉丹，中醫入藥，也可製作顏料）、犀、玳瑁、珠璣、齒、革；龍門、碣石北多馬、牛、羊、旃（氈）、裘、筋、角；銅、鐵則千里往往山出棋置：此其大較也。皆中國人民所喜好，謠俗被服飲食奉生送死之具也。故待農而食之，虞（掌管山澤資源的官員）而出之，工而成之，商而通之。此寧有政教發徵期會哉？人各任其能，竭其力，以得所欲。故物賤之徵貴，貴之徵賤，各勸其業，樂其事，若水之趨下，日夜無休時，不召而自來，不求而民出之。豈非道之所符，

而自然之驗邪？」

這一段中，「故待農而食之」幾句，是說農、虞、工、商人會自發地去生產、開發、加工、交流各地的資源，無須政府發令徵調。「物賤之徵貴，貴之徵賤」，是說什麼東西價賤了，就預示著它以後要貴（因為如果物賤，人們獲不到利，就不會再去經營它；市場上必然會缺少，因而價格會高）；反之，什麼東西貴了，就預示著它以後要賤（因為人們見到獲了利，就會爭著經營它；市場上必然多，因而價格會低）——試看，這豈不在講市場經濟的價格調整機制？

接著司馬遷論述了農、虞、工、商在社會經濟中，對利國便民、富國富民不可或缺的重要作用：

> 《周書》曰：「農不出則乏其食，工不出則乏其事，商不出則三寶絕（《史記·趙世家》：「代馬胡犬不東下，崑山之玉不出，此三寶者亦非王有已。」似以馬、犬、玉為三寶），虞不出則財匱少。」財匱少而山澤不辟矣。此四者，民所衣食之原（源）也。原大則饒，原小則鮮。上則富國，下則富家。

接著論述處於山東的齊國統治者姜太公及其後代齊桓公善於發揮工商的作用，以使國強民富的事蹟：

> 貧富之道，莫之奪予，而巧者有餘，拙者不足。故太公望封於營丘，地舄鹵，人民寡，於是太公勸其女功，極技巧，通魚鹽，則人物歸之，繦至而輻湊。故齊冠帶衣履天下（供天下人衣帽穿著），海岱之間斂袂而往朝焉。其後齊中衰，管子修之，設輕重（調節商品、貨幣流通和控制物價的理論）九府（掌管財幣的機構。皆見於《管子》），則桓公以霸，九合諸侯，一匡天下；而管氏亦有三歸（三成市租，依郭嵩燾說），位在陪臣（諸侯大臣），富於列國之君。是以齊富強至於威、宣也。

看來，從周初到春秋戰國時期，齊國由於優先發展工商業，一直是領先於中國的經濟貿易「特區」！難怪春秋時齊桓公為一時霸主，戰國齊愍王恃國力強大，曾與強秦爭為帝；也難怪秦末漢初韓信為劉邦轉戰南北，諸地皆不動心，偏偏到齊地後要當「假王」。

關於越王句踐何以能轉敗為勝，滅吳稱霸，世人多知其臥薪嚐膽，親民愛

人，十年生聚，十年教訓，《史記‧貨殖列傳》卻載其用范蠡、計然的經濟政策，可謂獨到之見：

> 積著（讀為「貯」，積蓄）之理，務完物，無息幣（久存貨物不出手）。以物相貿易，腐敗而食之貨勿留，無敢居貴（為求高價而留貨）。論其有餘不足，則知貴賤。貴上極則反賤，賤下極則反貴。貴出如糞土，賤取如珠玉（貨物極貴後，恐其必賤，故及時拋售如糞土般不吝惜；而貨物極賤後，恐其必貴，故及時收購視同珠玉）。財幣欲其行如流水。修之十年，國富，厚賂戰士，士赴矢石，如渴得飲，遂報強吳，觀兵中國，稱號五霸。

司馬遷在《貨殖列傳》中記述了多個傑出的成功商人，個個智慧、才能超倫絕群。略舉數例。

第一位是春秋越國政治家范蠡，他幫助句踐雪會稽之恥後，發現句踐為人陰鷙，可與共患難而不可與同安樂，久必為其所害，乃乘扁舟（小船）浮於江湖，變名姓：適齊，為鴟夷子皮；至陶，為朱公。他以為，陶地居天下之中，四通八達，是貨物交易之所。於是治產業，積累財富。十九年之中三次家累千金，兩次把全部家產分贈給貧窮朋友與兄弟。他就是所謂富而好行德的人──比今捐家產給社會之美國大亨比爾‧蓋茨及其他富豪，早了兩千多年。後來他年老力衰，便聽任子孫治理產業，積累家產達到萬萬。以至於後來人們提到富人，都必稱陶朱公。范蠡，這位中國歷史上第一位「下海」致富的「公務員」可謂智者矣：治國，可強國；治家，能富家──非止如此也，其知人之識見，功成身退之決斷，即如今之從政者，其孰能及之乎？此尤可令人長太息者也。

第二位是孔子的高徒子貢，仕於衛，囤積售貨於曹、魯之間。孔子七十門徒，他最為豪富，常結駟連騎，以束帛為禮物，出使諸侯，所至之處，國君無不與之分庭抗禮。雖然孔子曾批評他「不受命而貨殖焉」，然而孔子名聲傳揚於天下，也未始非子貢之功。子貢應該算是中國歷史上第一位靠經商致富的知識分子吧？

第三位是戰國魏文侯時的周地商人兼企業家白圭。他樂於觀察時變，做到人棄我取，人取我與。莊稼豐收，他用絲、漆從農民手中換取穀物；農家蠶繭收穫，農民正青黃不接時，他又用糧食換取農民手中帛絮：兩次交換他都大大獲利。他又能根據天文，推測年成豐欠，以決定是大量收購還是貯存穀物，待

價而沽。為掙錢，就收購價廉的穀物；要豐收，就貯存上好的種子。天下講究致富的人都效法白圭。他性格堅韌，「能薄飲食，忍嗜欲，節衣服，與用事僮僕同苦樂，趨時（抓住商機）若猛獸摯鳥（鷹隼之類）之發」。他聲稱：「吾治生產，猶伊尹、呂尚之謀（思維深遠周密），孫、吳用兵（行為果斷機智，出其不意），商鞅行法（作風嚴格守信）是也。是故其智不足與（以）權變，勇不足以決斷，仁不能以取予，強不能有所守，雖欲學吾術，終不告之矣。」就是說，若不具備智、勇、仁、強的道德品質，是沒資格學到他的經營、經商之術的。白圭是成功的商人，但憑他的素質、學識，我看如果從軍或從政，也是卓越的將軍、英明的領袖，可以大有作為的。

《貨殖列傳》中還記載了兩個名人，一個是巴蜀寡婦，名清，經營祖輩遺產，開採丹穴，專擅其利數世，家產不訾。清雖是寡婦，以財富自衛，壞人不敢侵犯她。秦始皇認為她是貞婦，接見她，並為其修築「女懷清臺」，以示表彰。

另一個是卓王孫，即卓文君的父親，大文學家司馬相如的岳父。原來是趙國人，靠冶鐵冶富。秦破趙，遷徙富豪大戶。卓氏家被搶略。夫妻推人力車，被迫遷徙。同行者有餘財旳，爭著賄賂主管官員，求居近處葭萌（秦縣名。在今四川省廣元縣南）。只有卓氏說：「此地狹窄，土地貧瘠。我聽說汶山（岷山支脈，四川茂縣東南）之下沃野，生有大芋頭，一輩子也餓不著；百姓多在集市做工，好作買賣。」於是要求遠遷，就被遷到四川的臨邛。他大為歡喜，就在鐵礦山上設風箱冶鐵鑄器械，想方設法，事業興旺，雲南、四川兩地人民為之震動。他富至家僮千人，良田池沼遊賞射獵之快樂享受，與國君相仿。

司馬遷對「富」的看法是：「本富為上，末富次之，奸富最下。」即靠經營本業（農桑）致富最佳，靠工商致富次之，靠做壞事致富最下等。這是對以經營農業（地主、富農）及工商致富者的充分肯定。

司馬遷在《貨殖列傳》中，不厭其詳地記述了製鹽、冶鐵、畜牧、釀酒、做醯（醋）、醬、漿，賣柴、木料，造船、漆器、銅器，倒賣帛、絮、細布、皮革、魚、果菜，甚至打磨刀劍、賣羊肚、作馬醫這類士大夫瞧不起的賤業，謂凡能靠技藝、勤勞、智慧、專一致富的，司馬遷都一一予以表彰，試問，古往今來，哪位政治家、歷史學家能這樣不持偏見、親民而重視民生呢？我看非司馬遷莫屬了。

司馬遷總結商業經營規律，得出一個有趣的結論：「貪賈三之，廉賈五之。」意思是貪心的商人希求高價，貨物不得流通，故得利少；不貪心的商人不多求利，薄利多銷，得利反多。今之商人，不一定知司馬遷此言，然而必有信奉、踐行此理者。

司馬遷見解的另一獨到之處，是講清了行仁義與財富的關係：「故曰：『倉廩實而知禮節，衣食足而知榮辱。』」（按，此《管子·牧民》語）禮生於有而廢於無。故君子富，好行其德；小人富，以適其力。淵深而魚生之，山深而獸往之，人富而仁義附焉。」

是啊，你沒有財富，卻想搞慈善、資助窮人、行仁義，豈非空話！美國大壞蛋特朗普組閣，據說其閣員全不拿薪酬，服務社會，純行仁義！他們若沒有大量私家財富，做得到嗎？所以兩千多年前司馬遷所言，還是有道理的──當然，為富而不仁者、富而自私者亦多有之：斗筲之徒，何足算也？今論其佼佼者：當年陶朱公發家致富，兩次散財於民，驗證了此理；今天，此理不是也在中國及外國的某些富豪身上得到驗證了嗎？這說明，此理不但恒亘古今，還可能「放之四海而皆準」呢！

司馬遷接著又講了一句大實話：「天下熙熙，皆為利來；天下壤壤，皆為利往。夫千乘之王，萬家之侯，百室之君，尚猶患貧，而況匹夫編戶之民乎！」說趨利是人類天性，此亦無可厚非也。

可他又說了一句似乎不該說的話：「無巖處奇士之行，而長貧賤，好語仁義，亦足羞也。」即說，一個知識分子不是隱士，卻長久貧賤，而好談仁義，也應該自愧──這可是與孔老夫子「君子憂道不憂貧」（《論語·衛靈公》）「一簞食，一瓢飲，在陋巷，人不堪其憂，回也不改其樂」（《雍也》）的諄諄教導相違背了！不知列位「尚未富起來」的知識分子讀司馬遷此語時心下如何？而說實在話，我初讀時可是有一點「心有戚戚焉」。不過，今日思之，傳統的中國知識分子，徒知「身無半文，心憂天下」（清左宗棠語），而不知使「心憂天下」的知識分子「身無半文」，而「足羞」者，是知識分子自己乎，抑或國家當軸者乎？必有能知之者。

可是說實話是要有風險的。在重農輕商、重本抑末、「行賈，丈夫賤行也」（《史記·貨殖列傳》）的理念對士大夫已淪肌浹髓的古代，司馬遷肯定商人作用、為其樹碑立傳的言行就有點「冒天下之大不韙」了。數百年後，東漢大史

學家班固在《漢書・司馬遷傳》中就批評他「其是非頗繆於聖人……述貨殖則崇勢利而羞賤貧，此其所蔽也」，歷代學者亦多有持此見者——司馬遷為其《貨殖列傳》的獨到見解是付出了代價的！

因此，便又有一點感慨。每到商店、飯館之類以賺錢為業之地，常見大堂前臺，主人供奉財神爺，這倒可以理解。但也見有供奉關雲長的，還有人供奉口含銅錢的大蟾蜍，也有別的什麼不認識的動物。按照中國人的傳統習慣，各行業都敬重祖師爺：工匠尊奉魯班，經營茶者推重陸羽，製酒者宗法杜康。那麼商人好像應當拜范蠡——即陶朱公或子貢為祖了。不過，我倒覺得，經商者應該特別尊重並感激司馬遷，因為正是他獨具隻眼，摒棄輕視商業、鄙視商人的傳統偏見，充分肯定商業在社會經濟生活中的重要地位、對利國便民、富國富民的重要作用，認為優秀的商人必須具有常人不備的道德、智慧、堅忍、毅力，而為飽受歧視、凌辱的商人階層正名。他的遠見卓識，影響了不少統治階層中人及知識分子，對中國人傳統的崇農抑商、重農輕商的文化心理起到了顛覆性的作用。可惜的是，如今卻很少聽說，我國的商人有誰尊重並感激司馬遷的，此亦可憾者也。

文史知識，2019 年 11 月

以鼓為缶──指鹿為馬的誤會

　　直到現在，還有人念念不忘 2008 年北京奧運會開幕式，2008 名鼓手一邊「擊缶」，一邊吟詩的盛狀，使我感到謬種流傳弊病之烈，而不可不言了。猶憶當年開幕式的解說者稱，缶是中國古老的打擊樂器；可是觀眾看到的，卻是一面面方形的鼓。擊者先是用手拍擊鼓面，後來就乾脆用鼓槌敲打──明明是在打鼓，解說者卻口口聲聲說是在擊缶；鼓聲彭彭，解說者卻說是「缶聲震天」！據說，事後還把這些「缶」向社會各界拍賣，以作紀念。

　　缶，實際是古代盛酒漿或食物的瓦盆。《爾雅・釋器》：「盎謂之缶。」郭璞注：「盆也。」也有專門用為拍擊樂器的缶：以手拍，以伴歌舞，所謂「打拍子」，叫做「拊缶」，也叫擊缶。周代陳國（（今河南淮陽））一帶，就有擊缶歌舞的風氣。《詩經・陳風・宛丘》「坎其擊缶，宛丘之道」，所說的「缶」就是這種專門伴歌舞的打擊樂器。而古代秦地風俗，缶並不用作專門樂器，通常只是几案上實用的器皿；秦地人喝酒喝高興了，唱起歌來，往往順手抄起几案上的缶，拍打以助興。《漢書・楊惲傳》：「仰天拊缶，而呼烏烏。」顏師古引漢人應劭注：「缶，瓦器也；秦人擊之以節歌。」《說文・缶部》也說缶是「瓦器，所以盛酒漿。秦人鼓之以節歌」。看來，秦人的這種民俗，當時已經天下皆知。就是這種酒酣擊缶的秦地土風，被兩千多年前戰國趙的名士藺相如所利用，大大地羞辱了秦昭王一番。

　　《史記・廉頗藺相如列傳》載，當年秦強趙弱，秦王要求趙王在澠池相會，

上大夫藺相如陪趙惠文王赴會。喝酒興濃，秦王建議趙王演奏瑟。左右送上瑟來，趙王彈奏一曲，秦御史馬上記下：「某年月日，趙王與秦王相會飲酒，命令趙王演奏瑟。」藺相如馬上上前說：「趙王聽說秦王善於表演秦地音樂，請允許我把盆缶獻給秦王，來互相娛樂。」秦王明知，擊缶是秦地土風，不登大雅之堂，人家彈瑟我擊缶，這不是明擺著讓我出醜嗎？他當然拒絕。於是藺相如上前獻缶，就勢跪下，舉著缶請秦王拍擊，秦王怎麼也不肯。藺相如說：「在五步之內，我藺相如要把脖頸上的血濺在大王身上了！」意思要和秦王拼命。秦王的衛士們想要上來殺藺相如，藺相如瞪起眼睛喝叱他們，這些人都嚇癱了。於是秦王無可奈何地勉強擊了一下缶。藺相如馬上叫趙國的御史記下：「某年月日，秦王為趙王擊缶。」秦君臣弄巧成拙，十分狼狽。這是歷史上擊缶的典型事例，中學文言文即有，敘之甚詳。

可是，張藝謀執導北京奧運會開幕式，卻不明就裏，以鼓為缶，惑天下之人，滑天下之大稽。大概為保密，圖開幕式上一鳴驚人，既不請教專家，策劃、排練又秘不示人，因而釀成大錯。張藝謀本人及合作者不論，那 2008 個鼓手恐怕也都沒學好中學語文，無人質疑，所以出了這個指鹿為馬的笑話。

古代小說網，2020 年 5 月 30 日

勝母與朝歌

　　《史記・魯仲連鄒陽列傳》：「臣聞盛飾入朝者，不以利污義；砥礪名號者，不以欲傷行。故縣名勝母而曾子不入，邑號朝歌而墨子回車。」日人瀧川資言《史記會注考證》謂《水經注》廿五、《淮南子・說山》、《說苑・談叢》、《鹽鐵論・晁錯》、《新論・鄙名》、《顏氏家訓・文章》等記載多異：不入勝母者或謂孔子，回車朝歌者或謂顏淵；勝母或謂里名。金壁按，《鹽鐵論・晁錯》作「閭」，《說苑・說叢》、《新論・鄙名》作「里名」。此皆所傳異詞，不勞深究焉。

　　唯「名勝母而曾子不入，號朝歌而墨子回車」之緣由，其說有可疑者。《史記》索隱說：「蓋以名不順也。」《說苑・說叢》說：「醜其聲也。」《鹽鐵論・晁錯》明張之象注引鍾離意曰：「惡其名也。」《史記》集解引晉灼曰：「朝歌者，不時也。」《論衡・道虛》的反問中包含了作者對「勝母」、「朝歌」的理解：「里名勝母，可謂實有子勝其母乎？邑名朝歌，可謂民朝起者歌乎？」意為此僅空名而非實事，而其義則為「子勝其母」、「朝起而歌」。於《問孔》篇他又解釋：「避惡去污，不以義恥辱名也。」《淮南子・說山》之說略有不同：「曾子立孝，不過勝母之閭；墨子非樂，不入朝歌之邑。」而《原道》謂「耳聽朝歌北鄙靡靡之樂」，高誘注：「朝歌，紂都鄙邑。紂使師涓作鄙邑靡靡之樂。」今諸家注本亦或依《史記》索隱與集解之說，或從《淮南子・說山》之說。

但若從《淮南子·說山》說，墨子不入朝歌是為非樂，那麼《新論》、《顏氏家訓》記為顏淵回車，他又為何？若「勝母」解為「子勝其母」，「朝歌」解為「朝起者歌」，亦恐為望文生義。因為「子勝其母」未必即為「名不順」，「朝起者歌」也未必即為「不時」。況且，即使為「名不順」、「不時」，亦無傷大雅，又何至引起諸賢「醜其聲」、「惡其名」的強烈反感，馬上就「不入」或「回車」了呢？是否其中另有隱情，而解者未予揭出呢？

按，「勝母」之「勝」，古與「騰」同音，古多「勝」、「騰」相通之例。《逸周書·文酌》「騰咎信志」孔晁注：「騰，勝也。」《管子·君臣下》：「穆君之色，從其欲，阿而勝之，此臣人之大罪也。」唐房玄齡注：「阿，曲也。巧言令色，委曲從君，至於動也剛，漸以勝之，其終或至於篡殺，故曰阿而勝之也。」也讀為「勝」為「騰」，即「凌駕於其上」之意。「騰」，王筠《說文句讀·馬部》以為「為牡馬之名」，是。《禮記·月令》：「季春之月，……是月也，乃合累牛騰馬，游牝於牧。」乾隆《日講禮記解義》引高誘云：「累牛，父牛；騰馬，父馬。累負而上，騰躍而起，皆牡欲就牝之形。」即指雄性對於雌性的交配行為。故「勝母」令人想到「騰母」，為醜惡之名。

「朝歌」之「朝」（宵韻端母），古讀為「涿」（屋韻端母），又讀為「州」（幽韻章母），古音皆近。字又音轉作「豚、臀」，肛門之意。《三國志·蜀志·周群附張裕傳》：「初，先主與劉璋會涪，時裕為璋從事，侍坐，其人饒須。先主嘲之曰：『昔吾居涿縣，特多毛姓，東西南北皆諸毛也。涿令稱曰：「諸毛繞涿居乎！」』裕即答曰：『昔有作上黨潞長，遷為涿令。涿令者去官還家，時人與書，欲署潞則失涿，欲署涿則失潞。乃署曰潞涿君。』先主無須，故裕以此及之。先主常銜其不遜。」涿，明黃生《義府》謂「當時語呼涿為督（李卓吾自敘亦云：『人或呼卓吾，或呼篤吾。』即此音），又俗轉臀之入聲為督（今猶有此語，俗更作豚字），此蓋以下體謔之也。」按，黃生謂「涿」為「臀」，音轉為「督」（即「尻」），為「下體」（肛門），是。《說文·馬部》：「驦，馬白州也。」《爾雅·釋畜》：「白州，驦。」郭璞注：「州，竅。」按，「竅」即肛門。字又作「蹴、噈」，《史記·貨殖列傳》：「馬蹄躈千。」（《漢書·貨殖傳》作「噈」）沈欽韓《漢書補注》謂為尻竅，即肛門。《說文·馬部》：「驦，馬白州也。」正用《爾雅》文。段玉裁注：「《山海經》曰：『乾山有獸，其州在尾上。』今本訛作『川』。《廣雅》曰：『州、豚，臀也。』郭注《爾雅》、《山海經》皆

云：『州，竅也。』按，州、豚同字，俗作㞘。《國語》之龍豚，《史》、《漢·貨殖傳》之馬㖞，皆此也。《蜀志·周羣傳》『諸毛繞涿居』、『署曰潞涿君』，語相戲謔，『涿』亦『州、豚』同音字也。《釋獸》（金壁按，當作《釋畜》）曰：『白州，驠。』」又《廣雅·釋親》「臎、尻、州、豚，臀也」王念孫疏證：「五者異名而同實，不宜分訓。……《內則》『鱉去醜』，鄭注云：『醜謂鱉竅也。』醜與州聲近而義同，豚與州聲亦相近。《玉篇》：『豚，尻也。』《廣韻》云：『尾下竅也。』《楚語》：『日月會於龍豚。』《文選·東京賦》注引賈逵注云：『豚，龍尾也。』《玉篇》作『犯』，音丁角切，義與豚相近。」

如此，則「勝母」為凌辱母親，「朝歌」為以肛門歌：語皆醜惡不雅，故賢人厭惡，或不入或回車，在情理之中。

古代小說網，2020 年 6 月 13 日

說「所」

　　《說文·斤部》：「所，伐木聲也。從斤（斧類工具），戶聲。《詩》曰：『伐木所所。』」可是今本《毛詩·小雅·伐木》記的卻是「伐木許許」，這說明東漢許慎所見的《詩經》原來是寫作「伐木所所」的。「所」從「戶」聲，「許」從「午」聲，看來這「所所」或「許許」聲相當於「唬唬」，不像是用斧類工具砍樹的聲音，所以段玉裁說是鋸木聲。

　　語言中「處所」之「所」，有音無字，於是人們借「伐木聲」之「所」來表示「處所」之「所」。這種用法由來已久，如《詩·鄭風·太叔于田》「袒裼暴虎，獻于公所。」《小雅·出車》「我出我車，于彼牧矣。自天子所，謂我來矣。」又《史記·周本紀》：「（武王）遂入，至紂死所。」現代漢語中的「住所」「招待所」「拘留所」等「所」是其遺跡。

　　由「處所」義，又引申出較為抽象的「地位、位置」之義。如《左傳·襄公二十三年》記載魯季孫氏廢長子公彌而立其弟悼子，公彌慍怒，大夫閔子馬勸他不要這樣：「禍福無門，唯人所召。為人子者患不孝，不患無所。」杜預注：「所，位處。」即嫡子之地位。

　　《禮記·哀公問》載魯哀公問孔子，今之君子，為何都不遵禮而行？孔子答曰：「今之君子，好實（富）無厭，淫德不倦。荒怠傲慢，固民是盡，午（迕，逆）其眾以伐有道；求得當欲，不以其所。」鄭玄注：「所，猶道也。」意思是說，當前的君子都貪求富貴，荒淫傲慢，盤剝百姓，違背眾人意志誅伐有

道之人，只求滿足個人慾望而不擇手段。這從「地位、位置」義引申來的「手段、方式」義就更抽象，與「地位、位置」之義一樣，在現代漢語中已經不用了。

而其更遠的引申義「宜，適宜」則值得注意。《晏子春秋‧內篇問下》：「得之時（是）其所也，失之非其罪也。」張純一注：「所猶宜也。」又，《慎人》：「今丘也拘仁義之道，以遭亂世之患，其所也。何窮之謂？」此義在古書中常用，在現代漢語中尚有遺留，而今人則時常誤解。如《左傳‧隱公元年》載鄭莊公、公叔段之母姜氏助公叔段奪位，鄭大夫祭仲謂鄭莊公：「姜氏何厭之有？不如早為之所。」杜預注：「使得其所宜。」杜預注符合祭仲之意，「所」確當作「宜、適宜」解。祭仲語意在暗示莊公對公叔段及早採取適宜措施（禁錮、廢棄、驅逐甚至殺掉），因為「蔓，難圖也。蔓，草猶不可除，況君之寵弟乎」——晚既不可除，不如早除。但祭仲不願說得過分露骨，故曰「早為之所」，解釋為「及早安排他個地方」是錯誤的。

自己做適當的處置，叫「自為其所」或「自為之所」。《宋書‧武帝本紀中》：「平西將軍荊州刺史司馬休之宗室之重，又得江漢人心，公〔劉裕〕疑其有異志。而休之兄子譙王文思在京師招集輕俠，公執文思送還休之，令自為其所。休之表廢文思，並與公書陳謝。」廢掉文思，即是司馬休之自己對文思適當的處置。《金史‧后妃列傳下》載海陵王無禮，召世宗后（世宗昭德皇后烏林荅氏）來中都，「后既離濟南，從行者知后必不肯見海陵，將自為之所，防護甚謹。行至良鄉，去中都七十里，從行者防之稍緩，后得間即自殺。」自殺，即世宗后對自己之適當處置（既不連累世宗，自己又不遭辱）。「早為之所」亦作「蚤為其所」。《宋書‧武帝本紀上》載晉桓玄篡帝位後，重用劉裕。有人勸桓玄說：「劉裕龍行虎步，視瞻不凡，恐不為人下。宜蚤為其所。」意為當盡快殺掉他或奪其軍權。唐劉肅《大唐新語‧公直》載唐肅宗權臣李輔國妄求為宰相，又諷裴冕等速表薦己，肅宗患之，即用《左傳‧隱公元年》祭仲語，謂蕭華曰：「輔國求為宰相，若公卿表來，不得不與。卿與裴冕早為之所。」此「早為之所」，亦「及早採取適當措施」之意。所，非處所。

如此看來，得到適當的東西、得到適當的安排、獲得適當的生活或工作、女人嫁得其人，都可以叫「得其所」或「得所」。《易‧繫辭下》：「日中為市，致天下之民，聚天下之貨，交易而退，各得其所。」各得其所，即交易者皆換

得各自所需要的物品——所，宜也。又《詩·曹風·下泉》毛序「《下泉》，思治也。曹人疾共公侵刻下民，不得其所，憂而思明王賢伯也」，又《魏風·碩鼠》「樂土樂土（俞樾謂當作「適彼樂土」），爰得我所」，（下文「爰得我直」，直，通「職」，常也，指正常的生活，與「所」義近），所，皆訓「宜」，指適宜的生活。同樣的例子還有《國語·晉語四》：「重耳……成而儁才，離違而得所。」韋昭注：「離禍去國，舉動得所。」得所即合宜。《呂氏春秋·孟春紀》：「慶賜遂行，無有不當。」高誘注：「各得其所也。」指每個人都得到輕重適合的賞賜。漢劉向《新序·雜事第一》：「理百姓，實倉廩，使民各得其所。」「使民各得其所」即是使每個人都得到適當的生活。《孟子·萬章上》：「昔者有饋生魚於鄭子產，子產使校人畜之池，校人烹之，反命曰：『始舍之，圉圉焉；少則洋洋焉，攸然而逝。』子產曰：『得其所哉，得其所哉！』」，所，亦「適宜的生活」，而非「處所」之義。《三國志·蜀書·諸葛亮傳》「軍中之事，悉以咨之，必能使行陳和睦，優劣得所」，所，指合適的安排。嵇康《與山巨源絕交書》：「足下見直木不可以為輪，曲者不可以為桷，蓋不欲枉其天才，令得其所也。」得其所，即得到合適的使用。《紅樓夢》第四回寫甄英蓮聽葫蘆僧內人誇說馮淵，「他聽如此說，方才略解些，自謂從此得所」，謂合意而得託終身。現代人要表述類似意思，也可以引用一下古語「得其所」，所，也並不是「處所」之義。

又《左傳·文公二年》記載了晉國勇士狼瞫的故事：「戰于殽也，晉梁弘御戎，萊駒為右。戰之明日，晉襄公縛秦囚，使萊駒以戈斬之。囚呼，萊駒失戈，狼瞫取戈以斬囚，禽之以從公乘，遂以為右。箕之役，先軫黜之而立續簡伯。狼瞫怒，其友曰：『盍死之？』瞫曰：『吾未獲死所。』其友曰：『吾與女為難。』瞫曰：『《周志》有之，「勇則害上，不登於明堂。」死而不義，非勇也。共用之謂勇。吾以勇求右，無勇而黜，亦其所也。謂上不我知，黜而宜，乃知我矣。子姑待之。』及彭衙，既陳，以其屬馳秦師，死焉。晉師從之，大敗秦師。君子謂狼瞫於是乎君子。」

這是說狼瞫本因勇敢而被提拔為晉君的車右，後來主帥先軫卻罷黜了他，立了別人。他的朋友勸他自殺，狼瞫說，「吾未獲死所」——我還沒遇到赴死的時機（杜預注：「未得可死處」，處，非處所之意）。朋友勸他殺先軫，他卻說：「為不義而死，不是勇敢。如果我做不義之事，只能證明我不勇敢，而被貶黜，也是很適宜的（亦其所也）。我原來說君王不瞭解我，如果受貶黜而合

適，正說明了解我。你姑且等等吧！」之後他就用拼死作戰證明了自己的勇敢。狼瞫語「吾未獲死所」與「亦其所也」中的兩個「所」，皆是「適宜」之義。

由此觀之，古今常說的「死得其所」，即謂死得適宜，也即死得有意義、為正義而死，與死的處所無關。

「得其所」的反面是「不得其所」，即沒有得到適當的東西、沒有得到適當的安排、沒有獲得適當的生活或工作、女人嫁得不如意等等，也跟處所無關。如《管子·君臣下》：「古者未有君臣上下之別，未有夫婦妃匹之合，獸處羣居，以力相征。於是智者詐愚，強者凌弱，老幼孤獨不得其所。」此說上古社會老幼孤獨得不到公正合適的待遇。《漢書·食貨志上》「冬，民既入，婦人同巷，相從夜績，……男女有不得其所者，因相與歌詠，各言其傷。」「男女有不得其所者」，即男人女人生活有不如意事，如困苦、疾痛慘怛、不得嫁娶等等。「不得其所」之事可能包括沒有住房或住房不好，但「所」絕非「住所」之義。《新序·善謀》：「及齊人蒯通說韓信曰：『足下受詔擊齊，何故止？將三軍之眾，不如一豎儒之功。可因齊無備擊之。』韓信從之。酈生為田橫所害，後信、通亦不得其所，由不仁也。」「不得其所」即未得善終。

沒有做當做的事、失去正確的原則、失去應有的生活依靠、失去適宜的生存條件叫作「失所」，「所」基本意義仍是「宜」。如《左傳·文公十七年》載宋國發生弒君事件，「春，晉荀林父、衛孔達……伐宋，討曰：『何故弒君？』猶立文公而還。卿不書，失其所也。」楊伯峻注：「本以討殺君者往，反立之而還，故云『失其所』。所，處所，立足地，猶今言立場。」按，句意則是，釋詞義則似欠妥：所，非處所，乃是「宜」，「失其所」即「沒有做當做的事」。

又《襄公二十六年》：「向戌不書，後也；鄭先宋，不失所也。」杜預注：「如期至。」按，此年《經》載澶淵之會，宋向戌後期，而鄭良霄如期而至，故《經》曰：「公會晉人、鄭良霄、宋人、曹人于澶淵。」特不書向戌之名，而列鄭使名於宋人之前。《傳》於是解釋道：「鄭先宋，不失所也。」「不失所」即沒有做不當之事（沒遲到）。

又《哀公十六年》載孔子死，魯哀公誄孔子，子貢引夫子之言批評魯哀公對孔子「生不能用，死而誄之」，曰：「禮失則昏，名失則愆，失志為昏，失所為愆。」按，此「失所」即指魯哀公沒做當做的事——重用孔子。

　　《荀子·堯問》：「彼正身之士，舍貴而為賤，舍富而為貧，舍佚而為勞，顏色黎黑而不失其所。」「不失其所」即不失去應有的品節。

　　《漢書·楊王孫傳》寫他自己打算裸葬的理由，是希望身體迅速腐爛，以返璞歸真：「歸者得至，化者得變，是物各反其真也。反真冥冥，亡形亡聲，乃合道情。夫飾外以華眾，厚葬以鬲真，使歸者不得至，化者不得變，是使物各失其所也。」「各失其所」與「各反其真」相對，可證「失其所」為「失其宜」。

　　《晉書·謝安傳附謝玄》：「又泰山太守張願舉郡叛，河北騷動，玄自以處分失所，上疏送節，盡求解所職。」處分失所，即「處理失當」。

　　《水滸傳》第五回《小霸王醉入銷金帳，花和尚大鬧桃花村》載魯智深勸小霸王周通語：「周家兄弟，你來聽俺說，劉太公這頭親事，你卻不知他只有這個女兒，養老送終，承祀香火，都在他身上。你若娶了，教他老人家失所，他心裏怕不情願。」失所，即不得「養老送終，承祀香火」，與住所無關。

　　凡事得其宜即得所，失其宜為失所，此義現代人常多所誤解。《漢語大詞典·大部》「失所」條釋為「失宜，失當」，是對的；舉例為晉袁宏《後漢記·靈帝紀下》「己未詔曰：『頃選舉失所，多非其人』」，《舊唐書·李元紘傳》「戶部侍郎楊瑒、白知慎坐支度失所，皆出為刺史」，也是對的；而成語「流離失所」，則釋為「流轉離散，沒有安身的地方」，就有問題了：凡難民離鄉背井，流落他鄉，多半不是因為失去住房，而往往是因為水旱災害或失去土地、食物等必要的生存條件。故「流離失所」當釋為「流轉離散，失去適宜的生存條件」。

　　「所」在古代漢語中尚有一特殊意義，即「意」。《漢書·佞倖傳》：「上有酒所，從容視賢笑，曰：『吾欲法堯禪舜，何如？』」酒所，即酒意。《史記·絳侯周勃世家》：「景帝居禁中，召條侯，賜食。獨置大胾，無切肉，又不置櫡。條侯心不平，顧謂尚席取櫡。景帝視而笑曰：『此不足君所乎？』」君所，即君意也。

　　至於現代漢語中常見的「所」與動詞組合組成名詞性結構的用法，如所聞、所見、所謂等等，古已有之。據《晉書·嵇康列傳》載，嵇康家貧，曾與好友向秀在院庭中大樹之下鍛鐵謀生。穎川貴公子鍾會，精練有才辯，聽說嵇康風雅，前來造訪。嵇康不搭理他，鍛鐵不停。半天，鍾會很尷尬，要走。嵇康問

他：「何所聞而來？何所見而去？」鍾會回答：「聞所聞而來，見所見而去。」鍾會因此懷恨，勸司馬昭殺他，嵇康於是遇害。

《文史知識》，2020 年 11 月

曾晳之志與仲尼之歎

　　《論語·先進》寫子路、曾晳、冉有、公西華侍孔子坐，孔子要他們各言其志。在子路、冉有、公西華分別表示，他們願做小國之君、禮官以後，曾晳卻說：「異乎三子者之撰。……莫春者，春服既成，冠者五六人，童子六七人，浴乎沂，風乎舞雩，詠而歸。」孔夫子聽後，喟然歎曰：「吾與點也！」

　　「浴乎沂」，此傳世本之寫法。近日，江蘇師範大學教授劉洪濤告余，海昏侯墓《論語》此句作：「容（頌）乎近（沂），風（諷）乎巫（舞）雩，詠而歸。」則「浴」，原作「容」，讀作「頌」；與「風（諷）」「詠」俱是歌詠。則余刊於《文史知識》2020 年第 12 期之文《曾晳之志與仲尼之歎》當略作修改、說明矣！

　　今按，頌，「容」的古字，儀容。《說文·頁部》：「頌，皃也。從頁，公聲。」段玉裁注：「古作頌皃，今作容皃，古今字之異也。」《說文·宀部》：「容，盛也。從宀谷。宭，古文容從公。」按，宭為容古文，故與頌同音。《漢書·儒林傳·毛公》：「漢興，魯高堂生傳《士禮》十七篇，而魯徐生善為頌。」顏師古注：「蘇林曰：『《漢舊儀》有二郎為此頌貌威儀事。有徐氏，徐氏後有張氏，不知經，但能盤辟為禮容。天下郡國有容史，皆詣魯學之。』頌讀與容同。」宋王觀國《學林·容頌》：「字書頌字亦音容，而頌亦作額，有形容之義。故《詩序》曰：『頌者，美盛德之形容。』《史記》用容字，《漢書》用頌字，其義一也。」由此觀之，《詩》「《風》《雅》《頌》」之《頌》，本讀為「容」；因「美

盛德之形容」，故滋生新音（sòng）、新義（歌頌），róng 與 sòng，本一聲之轉，後來，「頌」的本義「容貌」（古作「頌貌」）便借同音字「容受」的「容」表示，引申義「歌頌盛德之形容」用「頌」表示，而讀為 sòng。故海昏侯墓《論語》「容乎近」，實乃「頌乎沂」也。那麼，為何「容乎沂」今本變成「浴乎沂」了呢？蓋因後人不知「容」的古字是「頌」，以為「容乎沂」講不通，便改成了「浴乎沂」，表面上是講通了；而不知「容（頌）乎沂」正與「風（諷）乎巫（舞）雩，詠而歸」為一類事，讀為「浴乎沂」，反而與後兩句不相類了。賴有出土文獻海昏侯墓《論語》保留了兩千年前文句真貌，真乃振聾發聵也！

至於「風乎舞雩」，風，包咸注為「風涼」，並不確切。劉寶楠正義引《論衡·明雩篇》：「風乎舞雩，風，歌也。」錢鍾書《管錐編·毛詩正義·關雎》且舉漢仲長統《樂志論》「諷乎舞雩之下」為證。按，此句出於《後漢書·仲長統列傳》：「諷乎舞雩之下，詠歸高堂之上。」風讀為諷，與「容（頌）乎沂」「詠而歸」互文。

則孔夫子所贊同的曾晳之志，究竟為何，益近於可知矣。

邢昺疏說：「仲尼祖述堯舜，憲章文武，生值亂時而君不用。三子不能相時，志在為政。唯曾晳獨能知時，志在澡身浴德、詠懷樂道，故夫子與之也。」

孔子是要弟子言志：「如或知爾，則何以哉？」即問他們要做什麼人、什麼事，也即從事什麼職業。故子路、冉有、公西華的回答，都很具體：要做什麼樣的官、做什麼事。而「志在澡身浴德、詠懷樂道」，即修身樂道，算什麼職業呢？再說，難道子路、冉有、公西華要做官，就不能「澡身浴德、詠懷樂道」了？孔子自己就官至中都宰，孔子高度評價的先代聖人周公，同時代的孔文子、子產，都是政治家、官員，誰不「澡身浴德、詠懷樂道」呢？可見此說不通。再說「澡身浴德」一句，也恐怕多少受到些「浴乎沂」的迷惑：原文實際為「容（頌）乎沂」。

曾晳是說要做隱士？而做隱士，是孔子斷然反對的（見《論語·微子》「長沮、桀溺耦而耕」章）。再說，即使要「隱居以求其志」（《論語·季氏》），也總要有個職業，不能坐吃山空吧？

又有一種新的講法，說曾晳是要「在農閒時節」，與人春遊，「安享盛世」（于丹《論語心得》）。這也說不通：一，「在農閒時節」才去遊逛，那就說明曾晳是要當農民。而當農民是孔子所鄙棄的（學生樊遲要向孔子學種莊稼、

蔬菜，孔子拒絕；樊遲出去了，孔子說他是小人），就更不會贊同他了。二，「安享盛世」，此說法亦不妥。因孔子對當時社會並不滿意，而頗多微辭；他理想的盛世，乃是西周。他說過：「天下有道，丘不與易也。」（《論語·微子》）即說明，他認為當時是天下無道。《孟子·離婁下》明說「顏子當亂世」，曾皙又如何能「安享盛世」，孔子又怎能贊許他呢？

我們認為，曾皙意思是，他要做一名教師。此義古人雖未明確揭出，然何晏《論語集解》引包咸曰：「我欲得冠者五六人，童子六七人，……歌詠先王之道，而歸夫子之門。」則一語道破，曾點與其所率冠者、童子，乃是一群景仰孔子之師生。古代的鄉村私塾，一介書生任教，學生「比年入學」，故其年齡參差不齊，年級亦有高下之分，相當於現在偏遠地區的「複式班」（故一塾之內，必設年級最高、學品最優者一人以助教學及管理，其他年級高者亦對年級低者有輔導管教之誼，此舊學校初入學者敬畏高年級學生之風及學長、學兄稱謂之所由來也）。暮春時節，「容（頌）乎沂，風（諷）乎舞雩，詠而歸」，是說春天民眾去水邊遊春，以祓除不祥（即後來人們於三月上巳日在流水邊洗浴宴飲風俗之濫觴。《周禮·春官宗伯·女巫》：「掌歲時祓除釁浴。」鄭玄注：「歲時祓除，如今三月上巳如水上之類。釁浴，謂以香薰草藥沐浴。」王羲之《蘭亭集序》所謂「暮春之初……修禊事也」），教師也率學生參加此類活動，然而自始至終，吟詠諷誦不絕，正為學子風範，教學與民俗活動美妙地結合起來了。

至於曾皙緣何以春遊代表教學生活，乃因古代教學思想，主張樂學、遊息。《論語·述而》：「子曰：『志於道，據於德，依於仁，游於藝。』」《禮記·學記》：「不興其藝，不能樂學（鄭玄注：『興之言喜也，歆也』）。故君子之於學也，藏焉，修焉，息焉，遊焉（鄭玄注：『遊謂閑暇無事之為遊』）。夫然，故安其學而親其師，樂其友而信其道，是以雖離師輔而不反也。」按，此則歷代不絕之學校春遊之濫觴矣。

因曾皙之語正觸及孔子心事：他本有意從政，曾周遊列國，遍干諸侯，卻屢屢碰壁，蹉跎數十載，乃不得不以辦學授徒終老。因文化教育事業已成為其人生歸宿，而孔子唯於其弟子群中方如魚得水；今聞曾皙與其同學子路、冉有、公西華從政之志迥異，欲以教書為業，正與自己蹉跎半生而終歸宿於教育事業之際遇相合。且曾皙把教學生活描繪得如此饒有情趣，於是孔子不

禁感慨繫之，而「喟然歎曰：『吾與點也！』」從孔老夫子之「喟然歎」裏，我們分明可以聽出他與曾點之心理共鳴及政治上不得志之無奈。

　　陶淵明有《時運》詩，其中之一章有「延目中流，悠悠清沂。童、冠齊業，閒詠以歸。我愛其靜，寤寐交揮。但恨殊世，邈不可追」數句，說自己仰慕曾皙率弟子郊遊事。其句「童、冠齊業」，正說「冠者五六人，童子六七人」同門而學。

　　作如此理解，方合曾皙及孔子語意，知曾皙何志、孔子何歎。

文史知識，2020 年 12 月

《大學》主旨新解

摘　要

　　學者解釋《大學》，向來採用朱熹之說，認為《大學》是一篇教育學論文。實際上，《大學》通篇講的是君王治國之道，此論可從四方面得以證實：其一，唐儒陸德明、孔穎達已發現《大學》主旨在於為政、治國；其二，從訓詁學層面審視，朱熹之論不合《大學》文義；其三，《大學》所徵引的文獻均凸顯君王治國之道這一主旨；其四，《大學》的內在邏輯——先後闡發了治國之前提與治國之方法。

　　朱熹《大學章句序》對《大學》的宗旨一言以蔽之曰：「《大學》之書，古之大學所以教人之法也。」學術界一般均沿襲朱熹舊說，以為《大學》是一篇教育學論文。筆者反覆研習，知朱熹舊說不然，《大學》通篇講的是君王治國之道。筆者從四個層面對這一觀點加以論證。

一、漢唐學者的論斷

　　唐陸德明《釋文》解題云：「鄭云《大學》者，以其記博學可以為政也。」孔穎達疏：「此《大學》之篇，論學成之事，能治其國，章明其德於天下，卻本明德所由，先從誠意為始。」陸德明、孔穎達闡示了東漢大學者鄭玄之說，其要點有二：其一，所謂「大學」，非與許慎《說文解字序》「《周禮》八歲入小學」相對的「大學」，而是「博學」；其二，《大學》非說教育，而是「記博學可以為政」「論學成之事，能治其國，章明其德於天下」之義，鄭、陸、孔三家之

見無異議。「為政」而「能治其國，章明其德於天下」者，非君王（天子）而何？故依鄭、陸、孔三學者之意見，《大學》乃為講帝王治國之道的講義。

二、訓詁學的論證

《大學》開宗明義：「大學之道，在明明德，在親民，在止於至善。」詞義有須辨析者：大學，即為「廣博地學習」。親，讀為「新」；民，即「人」；止，至也。句意是：廣博學習的目的，在於辨明何為美德，在於更新人格，在於達到最善。首句句義清晰了，方可理解全篇文義。下文「知止而後有定」的「知止」即「知道所應達到的目標」。只有「知道所應到的目標」才能做到心境的「定、靜、安、慮」，才能有所收穫，這才是修身的根本。「大學之道，在明明德」句中，第一個「明」是「明辨」的意思，這是「知」層面上的「明」；而「明明德於天下」句中的第一個「明」則是「彰明」之意，這是「行」層面上的「明」。兩個「明」，詞義有細微的差別。

「古之欲明明德於天下者，先治其國。」「國」是諸侯國。若逆向推理：想要做好天子（明明德於天下），先要當好諸侯；想要當好諸侯，先要搞好自己的家；想要搞好自己的家，先要搞好自身修養——「正心、誠意、致知、格物」。「格物」即推究事物之理，正向推理則是「物格而後知至（知道修身的最高境界），知至而後意誠，意誠而後心正，心正而後身修，身修而後家齊，家齊而後國治，國治而後天下平」。要做好天子，必須經過「格物、致知、誠意、正心、修身、齊家、治國」等必要階段。「格物、致知、誠意、正心」皆屬於「修身的範圍，故曰：「自天子以至於庶人，壹是皆以修身為本。」重視「修身」即是「知本」，是「知之至」；不修身而希望做好家長、諸侯、天子，那就是在「本亂」的情況下奢望「末治」，就是「其所厚者薄，而其所薄者厚」。其實「格物、致知、誠意、正心、修身、齊家、治國、平天下」迭為本末，「修身」以前是施於己，是治本，當厚（下大工夫）；「齊家」而後為施於人，是治末，當薄（順其自然）。朱熹《大學章句》謂「本，謂身也。所厚，謂家也」，恐未必合於《大學》文義。

三、《大學》徵引文獻的證據

既然《大學》講的是天子治國之道，為何又提到「庶人」呢？筆者認為，

此不過強調天子與庶人同，皆以修身為本，又是一箭雙雕——天子乃至於庶人一起修身，共同居處「君子之國」，庶人對天子形成有效監督，不更善乎？況孔子謂：「君子學道則愛人，小人學道則易使也。」（《論語·陽貨》）多數庶人不會讀書、格物，那也無妨，有各級「君子」施加教化與影響——如孔子曰：「君子之德風，小人之德草，草上之風必偃。」（《論語·顏淵》）

《大學》引用了大量古聖先賢的話來凸顯君王治國之道這一主旨。

《大學》引用《尚書·康誥》「克明德」、《太甲上》「顧諟天之明命」（顧，念；諟，正）、《帝典》（即《堯典》）「克明峻德」（今本作「俊德」），這些材料都說明：天子能自明美德，以此證首句「明明德」。《大學》進而又引「湯之《盤銘》曰：苟日新，日日新，又日新」、《康誥》「作新民」、《詩經·大雅·文王》「周雖舊邦，其命維新」，這些材料都說明天子強調自新，以證首句「在親民」（在新人）。

《大學》連續引用《詩經》中《商頌·玄鳥》之「邦畿千里，維民所止」、《小雅·綿蠻》之「綿蠻黃鳥，止于丘隅」、《大雅·文王》之「穆穆文王，於緝熙敬止」等詩句，以此論證：「為人君止於仁，為人臣止於敬，為人子止於孝，為人父止於慈，與國人交止於信。」其真正用意在於論證《大學》首句「在止於至善」，終極關懷還是如何「為人君」的問題。

《詩經·衛風·淇奧》讚美春秋有名的賢君衛武公，他是莊重勇武、威嚴明察、儀表堂堂的君子，一個「止於至善」的典型。《大學》引《詩經》中《衛風·淇奧》「瞻彼淇奧，綠竹猗猗。有匪君子，如切如磋，如琢如磨。瑟兮僩兮，赫兮咺兮。有匪君子，終不可諼兮」之句，以此論證「道盛德至善，民之不能忘也」的論斷，依然是圍繞「人君之善」立論。又引《周頌·烈文》「於乎前王（按：前王，指周文王、武王）不忘」，論證「君子賢其賢而親其親，小人樂其樂而利其利，此以沒世不忘也」。雖然前王沒世，而君子、小人都不忘前王，原因在於前王「止於至善」。《大學》作者循循善誘，勸人君之善的良苦用心可謂至矣！

「子曰：『聽訟，吾猶人也；必也使無訟乎！』（《論語·顏淵》）對於孔子的話，《大學》之作者解釋說：「無情者不得盡其辭。大畏民志，此謂知本。」朱熹以為是照應「本末之先後」。筆者以為，能「明明德於天下」則必能使訟者無訟，即讓虛偽不實者無話可說（情，實也），使人心對明德產生畏懼（大

畏民志），這才叫做「知本」。「聽訟」（又叫「斷獄」）是古代政事中最重要之部分，直接涉及當事人之生死、政府之威望、社會之公正，此事須經各級官吏、大臣處理，但重大案件之判決權（特別是死刑）往往在君王之手。而「詔獄」直接關乎君王，必須君王下令才能辦案。

四、《大學》內在邏輯之證

（一）治國之前提──誠意、正心、修身

「誠意」即《中庸》所謂君子、天子之德，強調「自誠」「至誠」。《大學》作者對此作了經典式的解釋：

> 所謂誠其意者，毋自欺也。如惡惡臭，如好好色，此之謂自謙（按，讀為「慊」，音 qiè，滿足，滿意）。故君子必慎其獨也。小人閒居為不善，無所不至；見君子而後厭然，揜其不善而著其善。人之視己，如見其肺肝然，則何益矣？此謂誠於中，形於外。故君子必慎其獨也。曾子曰：「十目所視，十手所指，其嚴乎！」富潤屋，德潤身，心廣體胖。故君子必誠其意。

《大學》作者強調，「誠意」即不自欺（俗語謂「不欺心」），做到自慊，即自己滿意，其表現為「慎獨」。要使自己向善、守善的願望和行為成為一種天性，如同人生來就厭惡臭味、喜好美麗面容一樣。作者對比君子與小人「閒居」（獨處）時之根本不同，謂小人閒居為不善，無所不至；待君子至，然後加以掩飾，欲蓋彌彰。引曾子之語「十日所視，十手所指」，意在警告君子（人君），必慎其獨。

「正心」即人心歸於正，人心端正、誠懇。「修身在正其心」的原因在於：人們若有私忿、恐懼、好樂、憂患之心，就不能正確認識事物，不能準確判斷是非與取舍。若「心不在焉」，就會「視而不見，聽而不聞，食而不知其味」，這種精神狀況如何治理國家？所以「修身在正其心」，正其不正之心。這一論證的目的，是勸誡人君治國要「正心」「專心」。

「修身」即修養身心，取則聖賢，擇善而從。「齊其家在修其身」的原因正在於「好而知其惡，惡而知其美者，天下鮮矣」。人們的好惡容易陷於偏執，若家長主觀固執、狹隘偏私，這個家庭的成員關係一定不會和諧。不修身，不可以齊其家。如民諺所言，「人莫知其子之惡，莫知其苗之碩」，若心懷自

私和偏見，是不能公正評價事物的。國猶家也，作為一國之主，人君欲齊其國，亦必修其身。

（二）治國之方法——保民、齊家、散財、任賢

「其家不可教，而能教人者無之。故君子不出家而成教於國。孝者所以事君也，弟者所以事長也，慈者所以使眾也。」「慈者，所以使眾也」才是教導君王的要點。為了論證這一觀點，《大學》作者引《尚書·康誥》「若保赤子」之語為據，警示君王對民眾要「如保赤子」。君王如果像父母疼愛嬰兒一樣，以慈愛之心治民，即使具體方法不甚恰當，亦無大誤。為了道理講得更透徹，作者再用民間俗語「未有學養子而後嫁者也」來比喻：沒有先學如何養育孩子然後才出嫁的女人。只要有疼愛幼兒之誠心，即可養育好孩子。兩層論證，道理透徹清晰——身為人君，必須保民如赤子。

對國君而言，國即其家。如何「齊家」？

> 一家仁，一國興仁；一家讓，一國興讓；一人貪戾，一國作亂。
> 其機如此。此謂一言僨事，一人定國。堯舜率天下以仁，而民從之；
> 桀紂率天下以暴，而民從之。其所令反其所好，而民不從。是故君
> 子有諸己，而後求諸人；無諸己，而後非諸人。所藏乎身不恕，而
> 能喻諸人者，未之有也。故治國在齊其家。

《大學》作者三次運用正反對比的論證方法：第一次，「一家仁，一國興仁；一家讓，一國興讓；一人貪戾，一國作亂」，論證君子（人君）於家（國）的重要性。第二次，舉堯舜與桀紂之事，論證「治國在齊家」的意義。第三次，「有諸己」與「無諸己」，論證「齊家」的不同結果，突出強調了君子（人君）「齊家」必須要「有諸己」，率先垂範。繼而，《大學》的作者引用《詩經》中《周南·桃夭》「宜其家人」、《小雅·蓼蕭》「宜兄宜弟」、《曹風·鳲鳩》「其儀不忒，正是四國」，論證「有諸己」這一命題：君王只有給父子兄弟作出榜樣，民眾才能效法他——「此謂治國在齊其家」。

散財即不聚斂財物。《大學》作者認為：人君治國必得眾，而得眾的前提是散財。作者首先引《詩經》中《小雅·節南山》「赫赫師尹，民具爾瞻」詩句，告誡「有國者不可以不慎，辟則為天下僇矣」。又引《大雅·文王》「殷之未喪師，克配上帝。宜（儀）鑒于殷，駿（峻）命不易」，警告君王「得眾則得國，失眾則失國」，並教誨其「先慎乎德」，不能重財，否則就會人（民眾）

財兩空。並告誡國君:「財聚則民散,財散則民聚」、「言悖而出者,亦悖而入;貨悖而入者,亦悖而出」。對於國君的生財、逐財之道,《大學》論曰:「以財發身」,「生之者眾,食之者寡,為之者疾,用之者舒」。何謂「以財發身」?仁者施捨錢財以獲得美名,而不仁者乃是「以身發財」,即損害自己聲譽以獲得錢財。作者循循勸誘、曉以利害:「未有上好仁,而下不好義者也;未有好義,其事不終者也;未有府庫財,非其財者也。」最後,作者引用春秋魯國大夫孟獻子的名言:「畜馬乘,不察於雞豚;伐冰之家,不畜牛羊;百乘之家,不畜聚斂之臣;與其有聚斂之臣,寧有盜臣。」官員家不養雞豬牛羊(不與小民爭利),有封邑之卿大夫不務聚斂財富,此謂國家不以財利為利,而以道義為利。統治國家而致力於搜刮錢財者,必來自小人,會危害國家——何等深刻睿智之治國觀念!於今讀之,尚令人唏噓不已。

親仁即是任賢。「道善則得之,不善則失之。」《大學》作者引用《楚書》及晉舅犯之言,謂人君要以善為寶,以仁親為寶。《尚書‧秦誓》載秦穆公於崤之戰敗於晉後悔過之言,謂國君當重用賢臣,摒棄佞臣。《大學》引用《尚書‧秦誓》「保我子孫黎民」之語,論證任賢保民的道理。同時警告人君「好人之所惡,惡人之所好」的嚴重後果——國君身必遭災。國君必以忠信得大道(國君之位),亦必以驕泰失之。國君讀之至此,必栗栗戒懼。

五、結語

綜觀《大學》全文,皆為訓導君王修身、齊家、治國、平天下之道。朱熹固感其重要,故將《中庸》與該篇從《禮記》四十九篇中選出,與反映儒家學說之《論語》《孟子》合編為《四書》,並為之集注,作為士人必讀之書。在我們看來,《大學》是儲君(未來君王)之教科書,主旨是授以君王治國之道。然朱熹竟謂此篇乃「古之大學所以教人之法」,實未明其旨而失當,其貽誤後學深矣。

含咀斷想

一、託運遇於領會兮，寄餘命於寸陰

晉向秀《思舊賦》有數句：「昔李斯之受罪兮，歎黃犬而長吟；悼嵇生之永辭兮，顧日影而彈琴。託運遇於領會兮，寄餘命於寸陰。」如何理解呢？恐多誤會。

據《史記‧李斯列傳》載，李斯少年時因有感於倉中鼠與廁中鼠之際遇迴別，而決心從政。因有投機心理，在廢扶蘇、立胡亥及輔佐二世時有僥倖之舉，而為趙高所挾持，遂終為所害，受五刑而死。臨刑前對兒子說：「吾欲與若復牽黃犬，俱出上蔡東門逐狡兔，豈可得乎？」對人生際遇的變幻莫測表示了強烈的不解與感慨。同樣面臨死亡，李斯是對命運自惑、對生命極度留戀而自悔；嵇康則是視死如歸，利用刑前的片刻，從容地彈奏了一曲必將絕世的《廣陵散》！在臨死前的不同言行舉止，最能反映其人對人生、命運的態度。李斯對人生的眷戀是痛苦的長吟，而嵇康則是利用隨日影而逝的短暫光陰彈奏了生命的最強音！兩者對比何其強烈，直乃黑白相殊、雲泥互別！而向秀將二人之事先後並列言之，以致人多以為向秀視李斯、嵇康二事為一類，以李斯事引出嵇康事。劉勰《文心雕龍‧指瑕》即云：「向秀之賦嵇生，方罪於李斯，與其失也，雖寧僭無濫。……凡巧言易摽，拙辭難隱。斯言之玷，實深白圭。」，指向秀將嵇康比罪於李斯，比「白圭之玷」更甚。

　　事實果真如此嗎？非也！劉勰認為嵇康之罪非同李斯之罪，二者不可類比；當然是對的；然而，劉勰認為向秀是在將嵇康之罪同李斯之罪類比，等同於李斯之罪，又是絕對錯誤的！向秀不是在將嵇康之罪同李斯之罪**類比**，而是以李斯對人生、命運的投機態度、對人生的眷戀惋惜，反襯嵇康深知命運而視死如歸的人生態度，從而將二者進行鮮明強烈的**對比**！

　　人們之所以誤以為向秀賦把「昔李斯之受罪兮，歎黃犬而長吟」與「悼嵇生之永辭兮，顧日影而彈琴」視為一類而非反襯、對比，還因為他們以為下面的兩句「託運遇於領會兮，寄餘命於寸陰」是專說嵇康，而非關李斯，此又是一誤。實際上向秀是用了「分說」的修辭手法：「託運遇於領會兮」承上「昔李斯之受罪兮，歎黃犬而長吟」一事而言，「寄餘命於寸陰」承上「悼嵇生之永辭兮，顧日影而彈琴」一事而言。向秀是說，「昔李斯之受罪，歎黃犬而長吟」，是「託運遇於領會」；而「嵇生之永辭，顧日影而彈琴」，是「寄餘命於寸陰」。這種「分說」的修辭手法在古文中是很常見的。

　　人們不知「託運遇於領會兮，寄餘命於寸陰」兩句是「分說」，而誤以為兩句專說嵇康而非關李斯，又與誤解「領會」的詞義有關：以為「領會」作「領悟理解」解。其實這也是說不通的：嵇康是深知其個人在當時殘酷社會現實中的命運的。唯其深知，他才不惜得罪司馬氏要人鍾會；唯其深知，他才不惜挺身為友人呂安辯誣；乃至臨刑之前，還從容不迫地奏出了絕唱《廣陵散》：怎能說他「把命運際遇寄託於對生命的領悟理解」呢？故知謂「託運遇於領會」也說嵇康、將「領會」解作「領悟理解」，二者皆誤。

　　李善《文選・思舊賦》注引司馬彪曰：「領會，言人運命，如衣領之相交會，或合或開。」以喻人生榮辱無常，這才是確解。

　　向秀《思舊賦》這幾句是說，李斯臨刑，「歎黃犬而長吟」，是寄人生之富貴榮華於風雲際會，是進行生命的賭博；而嵇康臨刑，則「顧日影而彈琴」，是把握最後一刻，煥發生命之光。向秀反襯、分說之手法實為絕世妙筆，兩句寫盡李斯一生之苟且僥倖與嵇康終生之坦蕩從容，使文愈加含蓄深刻而無懈可擊。

　　如此看來，劉勰《文心雕龍・指瑕》批評「向秀之賦嵇生，方罪於李斯」，為「斯言之玷，實深白圭」，實乃千慮之一失，而適可「請君入甕」矣。嗟乎！《雕龍》鴻篇，尺瑜微瑕！「惜也，駟不及舌！」

二、譚嗣同《獄中題壁》

譚嗣同《獄中題壁》:「望門投止思張儉,忍死須臾待杜根。我自橫刀向天笑,去留肝膽兩崑崙。」

網上有一種解釋頗有代表性:「逃亡生活是如此緊張,看到有人家就上門投宿,我希望出亡的康有為、梁啟超能像張儉一樣受到人們的保護。也希望戰友們能如杜根一樣忍死待機完成變法維新的大業。我橫刀而出,仰天大笑,因為去者和留者肝膽相照、光明磊落,有如崑崙山一樣的雄偉氣魄。」

這種解釋,可以說基本上不著邊際。

譚嗣同少時博覽群書,有大志。甲午後,發憤救國,提倡新學,推行新政。其思想較康、梁等激烈。變法失敗,他決心以死來殉變法事業,向封建勢力作最後抗爭,以鮮血喚起民眾。他把書信、文稿交給梁啟超,要他東渡日本避難,並說:「不有行者,無以圖將來;不有死者,無以召後起。」日本使館曾表示可以為他提供保護,他毅然回絕,說:「各國變法無不從流血而成,今日中國未聞有因變法而流血者,此國之所以不昌也。有之,請自嗣同始。」臨終,他神色不變,大呼:「有心殺賊,無力回天,死得其所,快哉快哉!」遂與其他五位志士就義於北京宣武門外菜市口,是為戊戌六君子。

此詩是作者的絕筆,是表示自己必死決心的。因而各句文意皆緊密繫之。

第一句,張儉,東漢人,曾任東部督郵,性剛直。他因彈劾權閹侯覽,反被誣為結黨而遭追捕。他便逃亡避害,不論相識與否,見有人家即往投奔止宿(望門投止)。人重其名行,不惜殺身破家而收容他。

第二句,杜根,東漢人,因上書直諫,鄧太后大怒,令人把他盛入囊中,在大殿上摔死。執法者因杜根是知名人士,暗中告訴行刑人不要用力,得以不死。載出城外掩埋,杜根蘇醒。太后派人查驗,杜根裝死三日,目中生蛆,瞞過檢查者,因而得以逃竄。忍死,指杜根瀕臨死亡時強忍著,不肯絕氣,有所期待。須臾,短時間。

前兩句直譯為:逃跑時見了住戶的門就投奔藏匿,我想起了張儉;強忍著拖延時間不死,等杜根吧。言外之意是說,我既不想像張儉那樣狼狽逃命,也不想像杜根那樣強挺著不死以避禍。

第三句,「我自」二字,即是對張儉、杜根面對死亡之態度的堅決否定,「橫刀向天笑」,是表明自己鬥爭到底、豪邁就死的決心。

第四句，去留，指死生。三國魏嵇康《琴賦》：「齊萬物兮超自得，委性命兮任去留。」晉陶潛《歸去來兮辭》：「寓形宇內復幾時，曷不委心任去留？」《南史‧隱逸傳上‧顧歡》：「達生任去留，善死均日夜。」非指梁啟超、康有為逃走而自己留下就義。肝膽，比喻高尚的情懷。

後兩句意思是：我要慷慨壯烈仰天大笑從容就死，無論是生是死，人格都如崑崙山一般崇高絕倫。

如此而已，豈有他哉！

三、月光如水照緇衣

魯迅先生《故事新編‧非攻》這樣描寫墨子啟程救宋的情景：

> 墨子一面說，一面又跑進廚房裏，叫道：「耕柱子！給我和起玉米粉來！」耕柱子恰恰從堂屋裏走到，是一個很精神的青年。「先生，是做十多天的乾糧罷？」他問。「對咧。」墨子說。「公孫高走了罷？」「走了，」耕柱子笑道。「他很生氣，說我們兼愛無父，像禽獸一樣。」墨子也笑了一笑。「先生到楚國去？」「是的。你也知道了？」墨子讓耕柱子用水和著玉米粉，自己卻取火石和艾絨打了火，點起枯枝來沸水，眼睛看火焰，慢慢的說道：「我們的老鄉公輸般，他總是倚恃著自己的一點小聰明，興風作浪的。造了鉤拒，教楚王和越人打仗還不夠，這回是又想出了什麼雲梯，要慫恿楚王攻宋去了。宋是小國，怎禁得這麼一攻。我去按他一下罷。」他看得耕柱子已經把窩窩頭上了蒸籠，便回到自己的房裏，在壁廚裏摸出一把鹽漬藜菜乾，一柄破銅刀，另外找了一張破包袱，等耕柱子端進蒸熟的窩窩頭來，就一起打成一個包裹。衣服卻不打點，也不帶洗臉的手巾，只把皮帶緊了一緊，走到堂下，穿好草鞋，背上包裹，頭也不回的走了。從包裹裏，還一陣一陣的冒著熱蒸氣。

閱其全文，可知魯迅先生精研了《墨子》全書，敬其學說與為人。魯迅先生的作品之中，也就出現了令人敬仰的高尚樸實堅韌的墨者的形象。《墨子‧備梯》寫墨子弟子禽滑釐「事子墨子三年，手足胼胝，面目黧黑」，於是這就成了魯迅先生心目中墨子本人及其同志與其他為民勞瘁者的代表形象。他的《故事新編‧非攻》之中，墨子的外貌即「三十來歲，高個子，烏黑的臉」。其《故事

新編‧理水》寫治水的禹「面貌黑瘦」,「伸開了兩腳,把大腳底對著大員們,又不穿襪子,滿腳底都是栗子一般的老繭」;禹的同事也是「一群乞丐似的大漢,面目黧黑,衣服奇舊」,「一排黑瘦的乞丐似的東西,不動,不言,不笑,像鐵鑄的一樣」。令人注意的是,他的《故事新編‧鑄劍》中,那個舍身助眉間尺向楚王復仇的義士,又是「一個黑色的人……,黑鬚黑眼睛,瘦得如鐵」,「瘦得顴骨、眼圈骨、眉棱骨都高高地突出來」!

又,此黑衣人自稱「宴之敖者」;而一九二四年九月,魯迅輯成《俟堂磚文雜集》一書,題記後正用「宴之敖者」作為筆名:可見魯迅先生以墨者形象自擬。魯迅先生又有散文詩《過客》,其中的「過客」「約三四十歲,狀態困頓倔強,眼神陰沉,黑鬚,亂髮,黑色短衣褲皆破碎,赤足,著破鞋,脅下掛著一個口袋,支著等身的竹杖」:這不正是魯迅筆下多次出現的頑強的墨者的形象嗎!魯迅先生正用以暗示作為中國前途命運探索者的他本人。他的名詩《慣於長夜過春時》末二句「吟罷低眉無寫處,月光如水照緇衣」,此「緇衣」(魯迅先生自己說,當時他恰巧身穿一件黑布袍子——此語,筆者忘其出處),大概也很少有人知道,魯迅先生正是用以暗示自己源於墨者的不屈不撓的戰士性格吧。

文史知識,2021 年 3 月

何謂「徼福於某」

《左傳·僖公四年》載齊桓公為爭霸主地位，率諸侯盟國聯軍伐楚。楚子發兵抵禦，並派使者屈完與齊桓公交涉。齊桓公陳諸侯之師，向屈完示威，假說要與楚國交好。屈完回答：「君惠徼福於敝邑之社稷，辱收寡君（屈辱您收容敝國國君），寡君之願也（這是敝國國君的心願）。」徼（jiāo）福，即是求福；敝邑，謙稱己國；社稷，祖先神。

然而何謂「君惠徼福於敝邑之社稷」？

王力《古代漢語》注：「承蒙您向我國社稷之神求福，意思是您不毀滅我國。」

然而有學者反駁說：

> 「徼福於敝邑之社稷」，就是求福給楚國。敝邑之社稷是代表楚國之神，它在這句中是受福者。這裡，介詞『於』不表動作之所從，而表動作之所歸趨。《左傳》一書，凡是對話中講到對方求福於說話人自己一方的宗廟或社稷，都是指自己一方受福，對方施福。例《左傳·宣公十二年》：「鄭伯肉袒牽羊以逆，曰：『……若惠顧前好，徼福於厲、宣、桓、武，不泯其社稷……』」厲、宣、桓、武是鄭國宗廟名，代表鄭國，徼福於厲、宣、桓、武就是求福給鄭國。《左傳·昭公三年》，晏嬰代表齊侯對晉侯說：「君若不忘先君之好，惠顧齊國，辱收寡人，徼福於太公、丁公，照臨敝邑，鎮撫其社稷……」

太公、丁公是齊國宗廟名，代表齊國，徼福於太公、丁公，就是求福給齊國。因此，「君惠徼福於敝邑之社稷」一句的注釋當改為：承蒙您求福給我國社稷之神。這句話相當於後世的感激客氣話：我們國家託您恩德大福。

兩種意見截然相反，究竟孰是？

今按，凡古人求福，皆向神求福給自己，無求福給神者。又查《左傳》「徼福（於某）」之例與其注、疏，知王力注是。

　　1.《文公十二年》：「秦伯使西乞術來聘，且言將伐晉……曰：『寡君願徼福于周公、魯公以事君。』」杜預注：「徼，要也。魯公，伯禽也。言願事君以並蒙先君之福。」

按，杜注之意，「徼福於周公、魯公」以「並蒙先君之福」，則徼福者秦伯即蒙魯先君之福者。

　　2.《宣公十二年》：「（楚子）入自皇門，至于逵路。鄭伯肉袒牽羊以逆，曰：『……若惠顧前好，徼福於厲、宣、桓、武，不泯其社稷。』」杜預注：「周厲王、宣王，鄭之所自出也；鄭桓公、武公，始封之賢君也。願楚要福于此四君，使社稷不滅。」孔穎達疏：「若其存鄭，則四君佑楚，故願楚要福於此四君，使社稷不滅。」

按，杜注、孔疏之意，楚要福於此鄭之所自出及始封之賢君，不泯鄭之社稷，則四君佑楚。是徼福者楚即受佑者。

　　3.《成公二年》：「（賓媚人）對曰：『……吾子惠徼齊國之福，不泯其社稷，使繼舊好。』」

按，齊使者賓媚人之意，謂晉郤克若能求齊國祖先神之福，不泯齊之社稷，則兩國可繼舊好。

　　4.《成公十三年》：「晉侯使呂相絕秦，曰：『……君亦悔禍之延，而欲徼福于先君獻、穆。』」杜預注：「晉獻、秦穆。」

按，呂相謂，秦亦悔禍之延，故欲求福於二國先君晉獻、秦穆，以受二君之佑，是徼福者秦即受佑者。

　　5.《成公十六年》：「（子叔聲伯）對曰：『……若猶不棄，而惠徼周公之福，使寡君得事晉君。』」

按，此說魯臣子叔聲伯向晉權臣郤犨求情，希望其不棄魯國，而求魯周公

之福佑，以使魯君得事晉君。

6.《昭公三年》：「使嬰曰：『……君若不忘先君之好，惠顧齊國，
辱收寡人，徼福於太公、丁公，照臨敝邑，鎮撫其社稷。』」杜預注：
「言收恤寡人，則先君與之福也。」

按，此晏嬰與晉人言，謂晉若收恤齊君，求福於齊先君太公、丁公，以鎮
撫齊之社稷，則太公、丁公將與晉人福。

7.《昭公三十二年》：「王使富辛與石張如晉，請城成周。天子曰：
『……伯父若肆大惠，復二文之業，弛周室之憂，徼文武之福，以
固盟主，宣昭令名，則余一人有大願矣……今我欲徼福假靈於成王，
修成周之城。』」

按，此周王謂晉如願復興晉文侯仇、文公重耳的偉業，向周文王、武王求
福，以鞏固自己的盟主地位並顯揚美名，則周王亦願求福借靈於成王，藉晉
在諸侯中之地位與號召力，修成周之城：是向先君求福者晉與周王皆受福者。

8.《哀公二十四年》：「晉侯將伐齊，使來乞師曰：『昔臧文仲以
楚師伐齊，取谷；宣叔以晉師伐齊，取汶陽。寡君欲徼福於周公，
願乞靈於臧氏。』」杜預注：「以臧氏世勝齊，故欲乞其威靈。」

按，魯大夫臧氏曾世代勝齊，故晉侯欲向魯之周公求福，向魯之臧氏乞
靈，請魯派臧氏助己伐齊。於是魯派臧賓如之子臧石「帥師會之，取廩丘」。
則晉侯為「徼福於周公、乞靈於臧氏」者，當然亦為受惠者。

以上為《左傳》全部「徼福（於某）」之例。

後世亦有類似之事：

1.《後漢書·袁術列傳》：「今孤以土地之廣，士人之眾，欲徼福
於齊桓，擬跡於高祖，可乎？」

是袁術為作霸主，欲向齊桓公之靈求福，以求作天子。

2.《續資治通鑒長編》卷十二：「邕州俗重祠祭，被病者不敢治
療，但益殺雞豚，徼福於淫昏之鬼。范旻下令禁止，出俸錢市藥物，
親為和合，民有言病者給之。獲痊癒者千計。」

是病者向淫昏之鬼求福。

3. 宋劉克莊《後村集》卷三十六《土地》：「某蒙此來，既入州
宅，且視籀文矣。徼福於神祇，庶克奠居。」

是「某」向土地神求福。

4. 元袁桷《清容居士集》卷三十《張府君墓田記》：「桷聞諸《春秋》會盟稱辭，甥舅之國，雖數十世，猶徼福於先君。敦敍之義，蓋可考也。」

是說春秋諸甥舅之國向祖先神靈求福。

綜上，可以得出結論：「徼福於某」即向某（多指某國先君或社稷之神靈）為己求福，以得到某對己之福佑，可無疑矣。

《文史知識》，2021 年 7 月

此「歸寧」非彼「歸寧」

　　《漢語大詞典》列「歸寧」五義項：1. 已嫁女子回娘家看望父母。例為《詩・周南・葛覃》：「害澣害否，歸寧父母。」朱熹集傳：「寧，安也。謂問安也。」《後漢書・列女傳・劉長卿妻》：「妻防遠嫌疑，不肯歸寧。」（以下例略）2. 指大歸。謂婦人被夫家遺棄，永歸母家。3. 男子歸省父母。4. 諸侯朝覲後返回國安邦。5. 回家治喪。

　　應該說歸納得尚為全面而合理，唯其第一義項「已嫁女子回娘家看望父母」所舉第一例為《詩・周南・葛覃》「害澣害否？歸寧父母」及朱熹集傳「寧，安也。謂問安也」，則有可商：因為此「歸寧」非彼「歸寧」（已嫁女子回娘家看望父母）。我們細繹其詩：

　　　　葛之覃兮，施于中谷，維葉萋萋。黃鳥于飛，集于灌木，其鳴喈喈。

　　　　葛之覃兮，施于中谷，維葉莫莫。是刈是濩，為絺為綌，服之無斁。

　　　　言告師氏，言告言歸。薄汙我私，薄澣我衣。害澣害否？歸寧父母。

《詩・周南・葛覃序》說：

　　　　后妃在父母家，則志在於女功之事，躬儉節用，服澣濯之衣，尊敬師傅，則可以歸，安父母、化天下以婦道也。

鄭玄箋這樣釋毛序：

> 躬儉節用，由於師傳之教；而後言尊敬師傳者，欲見其性，亦
> 自然可以歸，安父母，言嫁而得意，猶不忘孝。

我們在「歸」後點斷，而沒有採用通行的讀法，是有用意的。詩中「言告師
氏，言告言歸」毛傳：「婦人謂嫁曰歸。」這與毛序中說的「歸」是一事，指
女子出嫁，出嫁才能安父母、盡婦道。鄭玄箋也說此詩寫女子出嫁：

> 云葛者，婦人之所有事也。此因葛之性以興焉。興者，葛延蔓
> 於谷中，喻女在父母之家，形體浸浸日長大也。葉萋萋然，喻其容
> 色美盛。……葛延蔓之時，則摶黍飛鳴，亦因以興焉。飛集叢木，
> 興女有嫁於君子之道；和聲之遠聞，興女有才美之稱，達於遠方。

可是，詩之末句「歸寧父母」，毛傳卻解釋為「父母在，則有時歸寧耳」，這個
「歸」又是婦人回娘家了（與「言告言歸」毛傳「婦人謂嫁曰歸」相牴牾）。
依此毛傳說，詩結尾之意又與序及上文之意不合，很值得懷疑。宋李樗、黃
櫄《毛詩集解》卷三就已經看出了這個毛病：

> 然序特言在父母家，而未嘗言既嫁而歸父母家也。（李）迂仲以
> 為后妃歸寧之時，志猶在於女功之事如此。然《詩》「是刈是濩，為
> 絺為綌」皆是實事，豈有后妃歸寧之時，而尚采葛以為絺綌乎？且
> 序言「歸安父母」，而繼之以「化天下以婦道」，若以為既嫁而歸父
> 母之家，則奚遽及此一句也？夫婦人謂嫁曰歸，方后妃在父母家之
> 時，躬女子之職，行節儉之事，敬師傳之禮，故其歸文王也，可以
> 安父母之心，而化天下以夫婦之道——此詩人推本論之也。

李樗、黃櫄的看法是很有見地的：他們把「歸寧父母」理解為「歸文王也，可
以安父母之心」，「歸文王」云云，倒不見得，但他們把「歸寧父母」讀為「歸
（出嫁），寧父母」，卻是十分高明的，因為這樣講既合毛序、鄭箋、「言告師
氏，言告言歸」之毛傳「婦人謂嫁曰歸」，又合詩意：本詩通篇以嫁女之口氣，
先以「葛之覃」喻女子已長成——「葛之覃兮，施于中谷，維葉萋萋」、「葛之
覃兮，施于中谷，維葉莫莫」；已到了收穫之時，可以為人之婦了——「是刈
是濩，為絺為綌，服之無斁」；又烘托出嫁之氣氛——「黃鳥于飛，集于灌木，
其鳴喈喈」；再述出嫁之準備工作——「言告師氏，言告言歸。薄汙我私，薄
澣我衣」；末言出嫁之本旨——「歸，（以）寧父母」。

　　這樣解釋之所以合理，還有一個重要證據。《說文·女部》：「宴，安也。從女從日。《詩》曰：『以宴父母。』」段玉裁注以為，此蓋《葛覃》「歸寧父母」的異文。他說，「歸」字這裡作「以」字為善，「謂可用以安父母之心」。他還舉《召南·草蟲》「未見君子，憂心沖沖」（《毛詩》作「忡忡」）鄭玄箋為證：「在塗而憂，憂不當君子，無以寧父母，故心衝衝然。」他又引「曷澣曷否」（《毛詩》作「害澣害否」）二句箋云：「言常自潔清以事君子。」說正因為能事君子（按，指丈夫），才能寧父母之心。兩首詩箋意是互相補足的。馬瑞辰《毛詩傳箋通釋》又申段說，引《草蟲》「我心則降」鄭箋：「始者憂於不當，今君子待己以禮，庶自此可以寧父母，故心下也。」《草蟲》鄭箋兩次說「寧父母」，即本於《葛覃》。

　　按，段玉裁、馬瑞辰所引《詩·召南·草蟲》，也是一首以嫁女之口氣寫的詩：

　　　　喓喓草蟲，趯趯阜螽。未見君子，憂心忡忡。亦既見止，亦既覯
　　止，我心則降。

　　　　陟彼南山，言采其蕨。未見君子，憂心惙惙。亦既見止，亦既覯
　　止，我心則說。

　　　　陟彼南山，言采其薇。未見君子，我心傷悲。亦既見止，亦既覯
　　止，我心則夷。

　　詩大意說，我（嫁女）未見到新郎時，心中憂慮不安——生怕他看不中我。當我見了他，我們度過了新婚之夜，我才放了心，高興起來——這可讓父母安心啦（李樗、黃櫄釋「未見君子，憂心忡忡」為「孔氏以謂婦人行嫁在塗，未見君子之時，父母憂之，恐其見棄，已亦恐不當君子，無以寧父母之意，故憂心忡忡然。亦既見君子，與之同牢而食，亦既遇君子，與之臥息於寢」）。因為古時婚前男女往往不得見面，全憑媒妁之言，故常有婚禮時新郎發現新娘醜陋而拒絕與她上床的情況。新娘往往也在婚前「憂心忡忡」，怕新郎看不上自己，被打發回家，讓父母傷心，鄭箋所謂「在塗而憂，憂不當君子，無以寧父母，故心衝衝然」。馬瑞辰說，「后妃出嫁而當於夫家，無遺父母之羞，斯謂之寧父母」。《左傳·莊公二十七年》及《邶風·泉水》序雖有「歸寧」之說，但不得與此詩為比。馬並說段玉裁以為毛傳「父母在，則有時歸寧耳」為後人所加：

　　以《說文》引《詩》「以晏父母」證之，經文原作「以寧父母」；
後人因《序》文有「歸安父母」之語，遂改經為「歸寧父母」，又妄
增傳文，不知《序》云「歸安父母」，特約舉經文「言告言歸，以寧
父母」也。

　　筆者按，據明馮惟訥《古詩紀・古逸・歸耕操》「朅來歸耕歷山盤兮，以晏
父母，我心博兮」（傳為曾子所作），說明「以晏父母」為古之常語，正許慎所
引《詩》之「以晏父母」。此則為《詩・周南・葛覃》「害澣害否？歸寧父母」
有可能原為「以晏父母」，或如段玉裁「以寧父母」之說提供了證據。但我們認
為，按今毛詩「歸寧父母」，就能講通，關鍵問題是「歸」要講成「出嫁」，讀
成「歸，（以）寧父母」就可以了。

　　朱熹由於誤信「歸寧父母」後人妄增之傳文「父母在，則有時歸寧耳」，遂
誤讀「歸，寧父母」為「歸寧父母」，其《詩經集傳》亦將此句釋為「寧，安也，
謂問安也」，遂將一首貴族女子出嫁詩講成了貴婦人回娘家探親詩：「何者當浣
而何者可以未浣乎？我將服之以歸寧於父母矣！」由於誤解了詩意，他當然也
誤解了毛序。在《詩序》卷上他是這樣批評的：

　　　此詩之序首尾皆是，但其所謂「在父母家」者一句為未安。蓋
若謂未嫁之時，即詩中不應遽以「歸寧父母」為言；況未嫁之時，
自當服勤女功，不足稱述，以為盛美。若謂歸寧之時，即詩中先言
刈葛，而後言歸寧，亦不相合。且不常為之於平居之日，而暫為之
於歸寧之時，亦豈所謂「庸行之謹」哉？序之淺拙大率此。

可見，主要是因為誤讀了毛序中的「歸，安父母」與詩中的「歸，寧父母」，又
不疑「歸寧父母」之傳文「父母在，則有時歸寧耳」為後人妄增，才使朱熹產
生了根本性的誤解，非「序之淺拙」也。

　　如此，則「害澣害否，歸寧父母」之「歸寧」，雖有可能尚未凝結成詞，
但顯然是「歸寧」其他諸義項之源頭。故姑且仍可列為其第一義項：「女子出
嫁以使（父母）安心」（「已嫁女子回娘家看望父母」當為第二義項，其他義項
順延），而其例即為《詩・周南・葛覃》：「害澣害否，歸寧父母。」當引毛傳
「寧，安也」及馬瑞辰《毛詩傳箋通釋》「后妃出嫁而當於夫家，無遺父母之
羞，斯謂之寧父母」為釋。

　　當說明者，毛傳通例，一詩之中，前所注者，後則略之。「言告言歸」之

「歸」，毛傳已釋「婦人謂嫁曰歸」；則「歸寧父母」句，「歸」自是「婦人謂嫁曰歸」，而無須釋：毛傳只釋「寧，安也」，足矣——亦可證段玉裁以為毛傳「父母在，則有時歸寧耳」為後人所加之說，不為無理。

文史知識，2022 年 2 月

評瞿林江《「遇負杖入保者息」辯證》
——兼評其對鄭玄學術水平之懷疑

提　要

瞿林江先生《「遇負杖入保者息」辯證》一文，正確地指出了《禮記·檀弓下》「遇負杖入保者息」，當斷句為「遇負杖入保者，息」，「息」為歎息之義，糾正了鄭玄注之誤，這是該文的創獲。但是該文對有關篇章及鄭玄的其他注文，多有誤會與曲解；對鄭玄注釋的學術水平亦微露貶損之意。筆者以為，鄭玄的某些失誤乃白璧微瑕，其學術水平、在經學、訓詁學史上的崇高地位不容否定。

瞿林江文《「遇負杖入保者息」辯證》(《北京師範大學學報》，2018.2，以下簡稱「瞿文」)，謂《禮記·檀弓下》「遇負杖入保者息」，當斷句為「遇負杖入保者，息」，「息」為歎息之義。瞿文對比《左傳·哀公十一年》，此事記為「公叔務人見保者而泣曰」，而此云「息曰」，兩處所記正相合。筆者則以為，公叔禺人言後即衝入戰場赴死，則言時感情必然激奮，故《左傳》言其「泣」，切合情理；《檀弓》言其「息」（歎息），亦為當然。而如果《檀弓》不寫公叔禺人「息」（歎息），而僅記為「曰」，比之《左傳》，參照實情，則顯得「闕然」。另外，「入保者」非為休息，乃是避敵求生。公叔禺人所否定者，也絕非其人入保休息，而是其人不拼死而入保逃命。故感歎而言之後，便以身作則，衝入敵陣，奮戰而亡。解「息」為歎息，屬之於公叔禺人，遠比解「息」為休息，屬之於「入保者」為優，故筆者以為瞿文之說可從。

瞿文意見之所本，是清初萬斯大曰「入保者，句斷」（萬斯大《禮記偶箋》）。實際此種意見，非始出自清萬斯大。清焦循《孟子正義》「五畝之宅」引倪思寬《二初齋讀書記》引《晉語九》：「（尹鐸）請曰『以為繭絲乎，抑為保鄣乎』」韋昭注：「小城曰保。《禮記》曰：『遇入保者。』」則三國吳韋昭已如此讀矣。而清人如此讀者，焦循之外，皮錫瑞《左傳淺說》「《檀弓》『公叔禺人遇負杖入保者』……《左傳》『戰於郊』，郊有入保者，此鄉遂之小城也。」民國葉長青《文史通義注》：「《檀弓》：『遇負杖入保者。』」說明清、民國學者多有發現鄭玄注誤者，可惜沒有引起今人注意。

雖然已有前代學者指出經傳之誤，但由於後來學者囿於見聞或識見，未能知前人已斥其誤，而信之不疑乃致謬種流傳，真相隱晦。這種現象固然可悲，然學界歷來多有，而今尤甚（以當前學者古文獻學水平有陵夷之勢也）。故學者若能發現經傳固有之誤，發前人之所未發，當然是學術水平高的表現，固然可貴；而若能發現某些錯誤已有前人指出，而後人囿於見聞或識見，懵然不知，仍沿襲其誤，也是學術水平高的表現，依然可貴，而於當今似乎尤其重要。瞿文即屬後者，我們理應對其表示敬意。

然而亦有前人不誤而後人以為誤者。這種情況，學界也歷來多有，而今尤甚。以不誤為誤，若不及時明辨，也必然掩蔽真相，而致謬種流傳，造成學術倒退。遺憾的是，瞿文指出鄭玄錯誤之同時，又多有以不誤為誤者。為學術計，我們又不能不分析辯證。今謹述如下：

一、鄭玄釋「負杖」不誤，而瞿文以為誤

凡將長杆兵器、棍棒、拄杖等置於項背，多為舒適、平衡，又往往以兩臂加於其上，俗所謂「橫擔」，此為「負杖」。人疲倦時，或為輕鬆省力，常如此作。《南齊書・沈驎士列傳》：「明府德履沖素，留心山谷，民是以被褐負杖，忘其疲病。」《梁書・徐勉列傳》：「文案間隙，負杖躡屩，逍遙陋館，臨池觀魚。」又《侯景列傳》：「況聞負杖行歌，便已狼顧犬噬。」此皆說人優游逍遙時，把拄杖斜倚或橫擔在項上。漢劉向《新序・雜事第一》：「趙簡子上羊腸之阪，群臣皆偏袒推車，而虎會獨擔戟行歌，不推車。」此擔戟亦即負杖也。鄭注「負杖」為「加其杖頸上，兩手掖之」，極準確形象地描繪出魯軍敗逃疲倦、兩手橫擔戈戟類兵器的畫面，何誤之有？

而瞿文卻把「負杖」解釋為「把兵杖拖在身後地上」，是誤以「曳杖」為「負杖」也。瞿文之所以發生誤會，原因有二：一是知《孟子·梁惠王上》有「棄甲曳兵而走」語，遂以為「負杖」即是「曳兵」（曳杖），而不知「負杖」與「曳兵」（曳杖）是兩種姿勢、兩種形態，而狀敗兵之狼狽則一也。二是因《禮記·檀弓上》有「孔子負手曳杖逍遙於門」的話，而《史記·孔子世家》記為「孔子方負杖逍遙於門」，於是瞿文遂以為「負杖」乃「負手曳杖」之「簡寫」，此又誤。何為「負杖」？將拄杖擔於項上，或橫擔於項上又以兩手掖之也。何為「負手曳杖」？將兩手反交於背後而拖曳其杖也——姿勢雖不相同，而狀孔子逝世前迴光返照、輕鬆逍遙之行狀則一也。但無論如何，畢竟「負手曳杖」不可「簡寫」為「負杖」：「增字解經」固不可，「減字解經」獨可乎？況其所減者，皆重要實詞。

當然，如瞿文所謂，以「負杖」為「拄杖而負物」或「杖頸」（裘錫圭：《說「遇負杖入保者息」》，《裘錫圭學術文集》，第4卷；侯乃峰：《「遇負杖入保者息」鄭玄注語析疑》http://www.gwz.fudan.edu.cn/SrcShow.asp?Src_ID=1267，〔2010-9-18〕），也是不合文意而難以成立的，此不贅。

二、鄭玄釋「保」不誤，理解「入保」不誤，而瞿文理解有誤

保，「堡」的古字。鄭玄注「保，縣邑小城」，是十分準確的。此小城，即較矮的城牆（俗所謂「土圍子」）。引申指小城鎮。《左傳·成公十三年》：「伐我保城，殄滅我費滑。」楊伯峻注：「保即堡，小城也。」《左傳·襄公八年》：「焚我郊保，馮陵我城郭。」字後作「堡」。而「城堡、堡壘」乃其相當晚的後起義。

鄭玄注「（見走避齊師，）將入保」，並未說「保」是「城堡」，「入保」亦絕非「進入城堡」，乃是「進城」之意。其目的有二，一為避敵，二為防守。先秦兩漢乃至後來之「入保」，皆「入城（或土圍子）防守」之意。如《莊子·盜跖》：「大國守城，小國入保。」且「入保」之本義，是「進入土城」，引申為「入城防守」。《史記·廉頗藺相如列傳》「匈奴即入盜，急入收保」，「急入收保」也即「急入保」。

而瞿文卻把「入保」理解為「進入城堡」（王力《古代漢語》亦如此釋），是其不解鄭注「保，縣邑小城」。鄭玄此注，是要說明「城」與「保」（字後作

「堡」）的區別：城，都邑的高城牆；保，縣邑的矮小城牆。殊不料，瞿文竟然誤解鄭玄之注「保，縣邑小城」為「縣邑的小城鎮」（此解之所以為誤，是「小城鎮」與「縣邑」語意重複）。何以知之？瞿文說，鄭玄注「保，縣邑小城」，「其實與經義稍有不合，因為雩門是曲阜南城門，曲阜顯然不是縣邑小城。」可見瞿文誤以此「保」（圍牆）為城鎮，與誤以「城」（城牆）為城市一樣。就是說，「保」（後作「堡」）有三義：1. 小城牆，2. 小城邑（小城鎮），3. 城堡（晚起義）。瞿文則誤以 1.為 3.，又時或誤以 1.為 2.。

瞿文誤解「保」為「縣邑的小城鎮」，並未到此為止。由於一條有問題的鄭注，他又加深了誤解。何以知之？他說：「而《月令》『四鄙入保』鄭注云『都邑之城曰保』，和此文意契合，可從。」這說明，瞿文又把「保」誤認為「都邑的大城市」了：誤解愈深矣。

實際情況是，《禮記‧月令》言「四鄙入保」者非一，乃三，鄭注亦參差不齊，而瞿氏未察：

　　　　1.「孟夏之月……四鄙入保。」鄭玄注：「鄙，界上邑。小城曰

　　保。」

　　　　2.「季夏之月……四鄙入保。」鄭玄注：「都邑之城曰保。」

　　　　3.「季冬之月……四鄙入保。」鄭玄於「保」無注。

瞿文所引《月令》及鄭注，乃「季夏之月」。

這當然可疑：同一「保」字，鄭玄先注為「縣邑小城」或「小城」（兩者可視為一致），而復注為「都邑之城」，豈非互相矛盾？其實，在古籍中，同一作者對同一事所說不同，甚至相反，是常有之事：或因作者筆誤，或因作者後來否定自己之初見。究竟如何，要具體分析。依理，同為《月令》之文，「孟夏之月」說「小城曰保」，「季夏之月」又說「都邑之城曰保」，可以排除鄭玄否定自己初見之可能：那就只可能是筆誤了。鄭玄這類大學問家很少犯概念混淆這類低級錯誤，但鄭玄是人不是神，他也可能誤寫或漏注。依理，「都邑之城曰保」應為誤寫。因為鄭玄明知「保，縣邑小城」、「鄙，界上邑。小城曰保」，他如何可能注「都邑之城曰保」？此不合邏輯。故筆者判斷，鄭玄誤把「鄙邑」寫成了「都邑」，更可能是「鄙邑」後人傳寫時誤為「都邑」（「鄙邑、都邑」古籍中皆常見，「鄙、都」字形相似）。保，本義是縣邑的小城牆，是鄭玄也是其他訓詁家的一貫意見。

三、鄭玄對「使之雖病也，任之雖重也」之注釋準確無誤，而瞿文以為誤

對公叔禺人「使之雖病也，任之雖重也」的歎息之言，鄭玄分別注「謂時繇役、謂時賦稅」，也即《左傳·哀公十一年》杜預所注「事充政重」。在我們看來，鄭玄、杜預之注，是十分準確的，無可挑剔，因為這些戰士（入保者）即是平時服繇役、交賦稅的平民百姓（杜預所謂「事充政重」）。而瞿文卻批評說：「值得我們注意的是，《檀弓》此鄭注說『謂時繇役、謂時賦稅』，皆是順著鄭注上文所說，它將讀者的關注焦點從將士身上轉移到了魯國百姓之上，因而作注。《左傳》杜注應當是據鄭注而言，不足為憑。」這倒「值得我們注意」了：

首先，「負杖入保者」中有「將」嗎？「將」起碼應該乘兵車吧，何能「負杖入保」？

其次，瞿文謂「關注焦點從將士身上轉移到了魯國百姓之上」，「將」是大夫（相當於今「國家幹部」），姑置不論，難道「負杖入保」之「士」與「魯國百姓」是兩種人、兩回事？莫非春秋魯國就已經有了常備軍，專門承擔「執干戈以衛社稷」之義務？當然不是。我國自古以來，相當長一段歷史時期，都是寓兵於民：民眾春夏秋季務農，冬季官方組織射獵，演習軍事。《詩經·七月》所謂「一之日於貉，取彼狐狸，為公子裘。二之日其同，載纘武功」。打仗時臨時徵發民眾，李華《弔古戰場文》所謂「齊魏徭戍，荊韓召募。萬里奔走，連年暴露」，秦時「發閭左適戍漁陽」（《史記·陳涉世家》），不都是徵發農民充軍嗎？西漢時征派到邊疆去服兵役，方有七種特殊身份的人及罪人：「吏有罪一，亡命二，贅壻三，賈人四，故有市籍五，父母有市籍六，大父母有籍七：凡七科」（《史記·大宛列傳》「而發天下七科謫」正義），叫做「七科謫」。其餘都是農民，皇室御林軍、自願從軍的良家子是極少數。這種情況，一直到唐還是如此：杜甫的《兵車行》《羌村三首》《石壕吏》《三別》，不是都反映這種百姓當兵、亦民亦兵的狀況嗎？即以魯國此次於首都曲阜進行的「京師保衛戰」言之，「季氏之甲七千，冉有以武城人三百為己徒卒，老幼守宮，次於雩門之外」，孟孺子泄（即孟武伯）所「帥右師」（《左傳·哀公十一年》），不皆是全國總動員而上陣的老百姓（即「入保者」）嗎？不然，魯國人民養得起這些軍隊嗎？「守宮」人中又哪裏來的「老幼」？

瞿文一再強調，

> 「入保者」為守城士兵，「入保者」為何人，是解讀此經句的關
> 鍵，而鄭注的不合理性在此凸顯出來。因為從《左傳》上文來看，
> 提到的均是左師、右師等將士，不會到公叔禺人這突然轉到一個魯
> 國百姓上。杜注說得很明白，「保，守城者」，鄭注誤導了讀者。

讀至此筆者方才明白：原來瞿文見鄭玄將「使之雖病也，任之雖重也」注為「謂時繇役、謂時賦稅」，遂認定鄭玄以為「入保者」是「魯國百姓」，而這是瞿氏不能同意的。也就是說，瞿文以為「入保者」（即「守城者」）是平時不服繇役、不納賦稅的「脫產常備軍」，而不知他所謂「左師、右師等將士」，就是平時服繇役、納賦稅，戰時才「執干戈以衛社稷」的「魯國百姓」！鄭玄深知，公叔禺人同情這些平時受繇役賦稅之折磨、戰時遭流血犧牲之災禍的兼有百姓、戰士雙重身份者的苦難，所以將其語「使之雖病也，任之雖重也」注為「謂時繇役、謂時賦稅」，正表現了公叔禺人對「魯國百姓」（也即「入保者」）之深厚人文感情。因此，他作為魯國君之子，對從戰場上敗逃而「負杖入保」之子民，並無嚴厲責備，而僅有「使之雖病也，任之雖重也，君子不能為謀也，士弗能死也，不可」之歎惋——「不可」，一方面是對「負杖入保者」「弗能死」的委婉批評，但更多的是對自己作為「君子、士」而「不能為謀、弗能死」的嚴厲指責。「我則既言矣」，表示他言行一致的決心；「與其鄰重汪踦往，皆死焉」，是他踐行諾言、為國民以身作則的英勇行動。

依照瞿文的觀點，鄭玄不該將公叔禺人「使之雖病也，任之雖重也」注為「謂時繇役、謂時賦稅」，因為這會把讀者的注意力「突然轉到一個魯國百姓上」而「誤導讀者」。那麼，我們不禁要問：公叔禺人「使之雖病也，任之雖重也」此語若不指「魯國百姓」深受繇役賦稅之苦之病，又是何指？瞿文給出的答案是：「當時魯弱齊強的基本格局沒有變，故此國難當頭，魯國上下便亂成一團。筆者認為此即公叔禺人所說的『使之雖病也，任之雖重也』，也就是《左傳》所言『事充政重』。」愚謂此乃鑿空而不通之論：為何「魯弱齊強」「國難當頭，魯國上下亂成一團」即是「使之雖病，任之雖重」或「事充政重」？前者明是說形勢不利、上下混亂，後者是說百姓負擔重、苛政猛於虎——二者風馬牛不相及，豈可牽混？瞿氏對此何以自辯？

應該說，瞿文把「負杖入保者」與「魯國百姓」視為兩群不同的人，是違

背歷史常識的，因而也是極其幼稚的。而竟然以此質疑對古代寓兵於民之事洞若觀火的古人鄭玄，則未免貽笑大方也。

四、瞿文其他瑕疵舉隅

瞿文之缺點，除上文所述多以不誤為誤以外，又有數端。

一曰多廢筆。

如訓「息」為「歎息」，足矣。而瞿文又引：《說文》云：「息，喘也。」又云：「喘，疾息也。」《詩·狡童》「使我不能息兮」毛傳曰：「憂不能息也。」《詩·黍離》「中心如噎」毛傳曰：「噎，憂不能息也。」

按，諸例所示，乃「息」之另一義「呼吸」，與「歎息」義迥別，而與所論詞義無關：無關而牽連之，即為蛇足。瞿文又曰：「足見公叔禺人此時歎息而哽咽，憤懣得差點喘不過氣來。」「歎息」已足矣，復加「而哽咽，憤懣得差點喘不過氣來」，又為蛇足矣。

二曰不合理。

如「入保」，鄭注為「走辟齊師，將入保」（入城）。「入」雖無「走」（跑）義，但鄭玄據情勢如此釋，十分準確。瞿文卻無視鄭注，將「入保」譯為：「慢吞吞地進入堡壘中。」把「入保」釋為「進入堡壘中」，筆者已辨明是錯誤的。這涉及到「保」的古義及「入保」的本義與引申義的問題，略有難度，誤釋可以理解。但戰況慘烈，魯軍敗逃，後有齊軍追殺，「入保者」必定跑入，這是最基本的常識。同一「入保」，鄭注精確，瞿文所譯卻不合情理。兩相對比，是非高下分明，足以使人窺見其人學識之淺深矣。

由此推彼，瞿文其餘之議論，如「這其實就是消極怠工，所以才讓公叔禺人悲憤感歎地說『士弗能死也』」「右師守城兵士如此懈怠，原因是他們的主將孟武伯根本不願戰」云云，乃至通篇議論之可信程度，也就不免要大打折扣了。

瞿文在結尾甚至說：「由於鄭玄對《檀弓下》經文的誤注，導致了後人對經文的誤讀和困惑。我們只有通讀《左傳》對該事件的完整記載後，才能讀懂《檀弓》。鄭玄既見《左傳》之文，何以會如此歧解？後來者當思之。」

頗有語重心長、憂及方來之慨，貶損、否定鄭玄學術水平之意溢於言表。

惜也，駟不及舌！筆者以為，此杞人之憂，大可不必。愚以為，除了誤解誤讀「息」字以外，鄭玄對《檀弓下》此段經文的注解，皆準確無誤；自全

篇、全書乃至鄭玄之全部訓詁著作觀之，鄭雖有誤，其注仍不失為後人經義訓詁之優秀範例。至於「後人對經文的誤讀和困惑」，恕筆者直言，瞿氏首先當深切自省：除糾正鄭玄注「息」之誤而外，瞿文明顯地體現了因古文修養不足而「對經文」乃至鄭注的「誤讀和困惑」（說見上）。筆者奉勸，先不必多怪鄭注之「不合理性」「誤導了讀者」，而應該多讀鄭玄注釋之古籍，並嘗試反思：以我等之有限學識、對古代經典之膚淺認識，是否有資格有能力與鄭玄這類古代頂級的訓詁大師對話，甚至鄙薄否定之？設若九泉下鄭玄能起而回應之，則此種學力懸殊者之間的對話，將十分令人尷尬而可以想見也。

惜乎！當事者易迷，可能以其惑尚未解而自視過高也。須知，不要說挑出鄭玄注釋中一處、兩處錯誤，即使挑出幾百處錯誤，亦不足以動搖鄭玄在經學史、訓詁學史上的崇高地位。誤將「息」解為「休息」之類，時或有之，自魏王肅至清代學者指謫其誤者多矣，但其誤比之於整體，仍為尺璧微瑕──以其知識過於廣博浩瀚，如昊天大海，恒人不可以管窺蠡測也。他者姑不論，鄭玄《三禮注》《毛詩箋》，即是中國訓詁學史上的兩座豐碑，是古代文化、古代文獻研究者的寶貴財富，可傳世而不朽。吾輩當時刻切記：時易世變，學術環境、用功程度迥異，故吾輩比之鄭玄，初學後生而已，難窺大家堂奧。若偶有一得之見，遂刻畫無鹽，唐突西子，夜郎自大，此甚為先生不取也。杜甫《戲為六絕句》有云：「庾信文章老更成，凌雲健筆意縱橫。今人嗤點流傳賦，不覺前賢畏後生。」此足可為吾人戒也。

欲知鄭玄，當先自《後漢書》其本傳始，虛心拜讀鄭玄的訓詁著作，以採石攻錯，挹彼注茲，日以進步。當然亦不能迷信鄭玄而忽略甚至肯定其誤。吾愛吾師，吾更愛真理。如此而已。願以此與先生共勉。

長春師範大學學報，2022 年 9 月

《詩經》反映的周人的婚戀心理

　　《詩經》中描寫婚戀生殖的篇什，一直受到廣大讀者的喜愛和研究者的注意。如《周南·關雎》《漢廣》之孜孜求愛，《樛木》《鵲巢》之歡樂聯姻，《邶風·擊鼓》《鄘風·柏舟》之愛情堅貞，《鄭風·風雨》《王風·君子于役》之愛人相思，《衛風·氓》《邶風·谷風》之果斷絕情，說之者多矣，故不贅言。今僅就他人未遑多言或有所誤解的幾個方面略抒淺見。

　　第一，是古代普通男女戀愛，相當自由隨便，兩情相悅，自然撞出愛情的火焰，而不稍掩飾。如《召南·野有死麕》：「野有死麕，白茅包之。有女懷春，吉士誘之。林有樸樕，野有死鹿。白茅純束，有女如玉。舒而脫脫兮，無感我帨兮，無使尨也吠！」即說一位如花似玉的少女，在一位好小夥子（吉士）獻上鹿肉的引誘下，很痛快地接受了他的愛情。又如《鄘風·桑中》寫一男子與情人在野外約會：「爰采唐矣？沬之鄉矣。云誰之思？美孟姜矣！期我乎桑中，要我乎上宮，送我乎淇之上矣！爰采麥矣？沬之北矣。云誰之思？美孟弋矣！期我乎桑中，要我乎上宮，送我乎淇之上矣！爰采葑矣？沬之東矣。云誰之思？美孟庸矣！期我乎桑中，要我乎上宮，送我乎淇之上矣！」「桑中」遂成男女幽會之代名詞。我看不必鑿實地理解為此人與多名女子約會，可能只是為了反覆詠唱，才改用不同化名，以表現自己情場得意，以向人誇耀。又如《鄭風·野有蔓草》：「野有蔓草，零露漙兮。有美一人，清揚婉兮。邂逅相遇，適我願兮！野有蔓草，零露瀼瀼。有美一人，婉如清揚。邂逅

相遇，與子偕臧。」臧，讀為「藏」。是說一個男子清晨在野外意外地遇到了一個熟悉的美麗女子，這使他心花怒放，於是「與子（指女子）偕藏」。

這種近乎「赤裸裸地」描述、歌唱男女愛情的詩歌，在《國風》《小雅》中所在皆有，而以《鄭風》中為最多，如《將仲子》《有女同車》《山有扶蘇》《蘀兮》《狡童》《褰裳》《東門之墠》《風雨》《子衿》《野有蔓草》《出其東門》《溱洧》等。

言至此，應該澄清一個歷史性的誤會：因《論語‧衛靈公》有孔子語「樂則《韶舞》。放鄭聲，遠佞人。鄭聲淫，佞人殆」，很多人便誤以為「鄭聲」即《鄭風》，以為孔子貶斥《鄭風》。宋儒朱熹即稱《鄭風》為「淫詩」，宋嚴粲《詩緝》竟然認為，孔子編《詩》時之所以未刪去《鄭風》，是「聖人存之欲以知其風俗，且以示戒，所謂『《詩》可以觀』者也，豈以其詩為善哉」。意思是孔子特地保留《鄭風》是為了存其風俗，且作為「反面教材」。其實無論時人、孔子，皆未視《鄭風》為「淫詩」。最有力之證據，是《左傳‧昭公十六年》載，鄭六卿宴請晉卿韓宣子，韓宣子請鄭卿皆賦《詩》，以知鄭志。鄭六卿所賦皆《鄭風》，且除子產所賦《羔裘》外，皆為愛情詩，藉以向韓宣子示好。而韓宣子亦欣喜異常，謂鄭六卿所賦，皆不出鄭志。此鄭人引《鄭風》以為自豪、而他國人亦不歧視《鄭風》之實證。孔子所謂「鄭聲」，實指春秋末期新興之鄭衛音樂，與《詩經‧鄭風》風馬牛不相及。故《論語‧為政》載孔子語「《詩》三百，一言以蔽之，曰：思無邪」，可見孔子實未曾否定以《鄭風》為代表的愛情詩，而對其反映的古代男女戀愛風俗持理解與認可之態度，視為人之常情。

第二，是周人在男女愛戀時，女子往往比男子還熱情主動。如《鄭風‧蘀兮》：「蘀兮蘀兮，風其吹女！叔兮伯兮，倡，予和女！蘀兮蘀兮，風其漂女！叔兮伯兮，倡，予要女！」說明在中原一帶，古代也有青年男女聚會對唱藉以談情之風俗。這青年女子請男子先唱，說她不但會和，還會與他們約會——夠大方主動了吧？

古代戀人之間打情罵俏以示愛，而女子尤甚。如《鄭風‧山有扶蘇》：「山有扶蘇，隰有荷華。不見子都，乃見狂且！山有橋松，隰有游龍，不見子充，乃見狡童！」是女子嘲罵男友（當然也可以是譏諷不識相的求愛者，那就是真罵了），謂其非美男子子都、子充，乃是「狂且」（qū，瘋子）與「狡猾的小子」。

對那些情竇未開的少年男子，熱情的女子竟然會公開示愛並挑逗。如《衛風·芄蘭》：「芄蘭之支，童子佩觿。雖則佩觿，能不我知。容兮遂兮，垂帶悸兮！芄蘭之葉，童子佩韘。雖則佩韘，能不我甲。容兮遂兮，垂帶悸兮！」看來這女子很喜歡一位少年，其衣著佩飾（觿，xī，古代解繩結的用具。形如錐，用象骨等製成。韘，shè，古代射箭用具。用象骨或晶玉製成，套在右手拇指上用以鉤弦。也稱玦、決，俗稱扳指）像成年人，卻不懂女子的愛情（能不我知，能，讀如「乃」；不我知，即「不知我」。下「能不我甲」同。知，結交，交友，這裡指男女相好。《楚辭·九歌·少司命》：「悲莫悲兮生別離，樂莫樂兮新相知」），也不知與其親近（能不我甲，甲，「狎」的古字，親近）；女子感到遺憾，便歌而戲之——夠開放了吧？需要說明的是，舊注皆以為此詩是「刺衛惠公」，乃誤解，因為「知、甲（狎）」皆情人間語，而非君臣間語。今或釋為「諷刺一位貴族青年傲慢而無能」，誰在諷刺？又諷刺什麼呢？仍未中肯綮。不知古代青年男女，打情罵俏，亦猶今也，哪有那麼一臉嚴肅？

又如《檜風·隰有萇楚》：「隰有萇楚，猗儺其枝。夭之沃沃，樂子之無知！隰有萇楚，猗儺其華。夭之沃沃，樂子之無家！隰有萇楚，猗儺其實。夭之沃沃，樂子之無室！」隰（xí），濕地。萇楚，即羊桃。猗儺（ēnuó），猶旖旎，柔美貌。夭，年少。沃沃，壯美貌。知，配偶。鄭玄箋：「知，匹也。……於人年少沃沃之時，樂其無妃匹之意。」這是一位女子，借濕地枝條、果實柔美的萇楚起興，讚美一位壯美的少年，歡喜慶幸他正好尚無配偶！可是，因為沒有細究鄭玄箋，未明「知」是「配偶」（今稱「對象」）之意，許多大學者皆就「無知」二字發揮，大談政治，謂「政煩賦重，人不堪其苦，歎其不如草木之無知而無憂也」（宋朱熹）「此必檜破民逃，自公族子姓以及小民之有室有家者，莫不扶老攜幼，挈妻抱子，相與號泣路歧，故有家不如無家之好，有知不如無知之安也」（清方玉潤）「這種極端的厭世思想在當時非貴族不能有，所以這詩也是破落貴族的大作。自己這樣有知識罣慮，倒不如無知的草木！……這懷疑厭世的程度真有點樣子了。」（郭沫若）「此詩意謂：萇楚無心之物，遂能夭沃茂盛，而人則有身為患，有待為煩，形役神勞，唯憂用老，不能長保朱顏青鬢，故睹草木而生羨也。室家之累，於身最切，舉示以概優生之嗟耳，豈可以『無知』局於俗語所謂『情竇未開』哉？」（錢鍾書）其實三覆其詩，但覺歡樂，難覓一絲半點之悲意，亦無關政治——是可謂又一歷

史性誤會矣。

遇見了傲視、輕慢自己的男友，女子會予以堅決、冷峻之警告與斥責。如《鄭風·褰裳》：「子惠思我，褰裳涉溱。子不我思，豈無他人？狂童之狂也且！子惠思我，褰裳涉洧。子不我思，豈無他士？狂童之狂也且！」意思說：「你如好心想我，就過河來；你如不想我，難道沒有別人追求我？瘋小子，你也太輕狂了！」潑辣爽朗性格表現得淋漓盡致。此處又需贅一筆：已故臺灣學者李敖，看見此詩「且」字，竟突發奇想，謂此字是罵人的髒話（男子生殖器），誇誇其談，大做文章（大陸《中華讀書報》曾以整版刊載，並有人撰文為之喝彩）。不知此「且」音 jū，語助詞，用於句末，猶「啊」。宋朱熹注為「語辭也」。《詩經》中多見，《小雅·巧言》便有「悠悠昊天，曰父母且」之句──「且」綴於「父母」大人之後，這該無論如何也不能是罵人的髒話了吧？故筆者批評李敖未讀完整本《詩經》，便亂加評論為「輕狂妄言」（見鄙文《講國學者三戒·二戒輕狂妄言──評李敖講〈詩經〉「且」字》，見《古代小說研究》公眾號）。

第三，是古代不少出嫁女子未度新婚之夜前有嚴重的憂慮、恐懼心理：擔心新郎看不上自己，嫌自己醜。如《召南·草蟲》：「喓喓草蟲，趯趯阜螽。未見君子，憂心忡忡。亦既見止，亦既覯止，我心則降。陟彼南山，言采其蕨。未見君子，憂心惙惙。亦既見止，亦既覯止，我心則說。陟彼南山，言采其薇。未見君子，我心傷悲。亦既見止，亦既覯止，我心則夷。」降，放下。夷，後作「怡」，歡喜。覯，通媾，男女交合。詩意謂，我（嫁女）未見新郎時，心中憂慮不安，畏其鄙視自己（嫌不漂亮）。既已見之，既已同床（鄭玄箋：「既見，謂已同牢而食也。既覯，謂已昏（婚）也」），方才放心。因為古時婚前男女多不得見面，全憑媒妁美言，故常有婚禮後新郎發現新娘醜陋而拒絕與其上床之事。於是自以為其貌不揚之新娘往往在婚前「憂心忡忡」，怕新郎不中意，被打發回家，而讓父母傷心，鄭箋所謂「在塗（途）而憂，憂不當君子，無以寧父母，故心衝衝然」。今人卻多依戴震《詩經補注》所謂「感念君子行役之詩」之說，以為「思婦詩」，亦誤。

《召南·草蟲》寫嫁女心懷憂慮，還有一個旁證，即《周南·葛覃》：「葛之覃兮，施于中谷，維葉萋萋。黃鳥于飛，集于灌木，其鳴喈喈。葛之覃兮，施于中谷，維葉莫莫。是刈是濩，為絺為綌，服之無斁。言告師氏，言告言歸。薄汙我私，薄澣我衣。害（何）澣害（何）否？歸寧父母。」朱熹集傳：

「寧，安也。謂問安也。」朱熹集傳本於《左傳·莊公二十七年》「冬，杞伯姬來，歸寧也」晉杜預注：「寧，問父母安否。凡諸侯之女歸寧曰來。」今說《詩》者多依朱熹，謂《葛覃》為嫁女回娘家探問父母之詩，實誤：因《葛覃》之「歸寧」實非《左傳》之「歸寧」：兩者雖然在詞源上是一事，而《周南·葛覃》之「歸寧父母」，是「出嫁以（使父母）安心」（如果女子嫁不出去，或新郎在新婚之夜發現新娘太醜而拒絕上床，「原裝退貨」，那怎能讓父母安心呢），而《左傳》之「歸寧」是「嫁於諸侯之女回國探望父母」──二者又是風馬牛不相及之事。所以《周南·葛覃》實際與上面所說《召南·草蟲》皆是嫁女詩，故《召南·草蟲》「未見君子，憂心忡忡」鄭玄箋：「在塗而憂，憂不當君子，無以寧父母，故心衝衝然。」《召南·草蟲》之女子「憂不當君子，無以寧父母」，與《周南·葛覃》「害澣害否？歸寧父母」，意思是一致的。《葛覃》毛序：「后妃在父母家，則志在於女功之事，躬儉節用，服浣濯之衣，尊敬師傅，則可以歸，安父母、化天下以婦道也。」「后妃」云云，當然不必，實指嫁女。清儒馬瑞辰《毛詩傳箋通釋》、段玉裁《說文解字注·女部》「妟」條皆主此說。證朱熹及後人以為《周南·葛覃》「歸寧父母」是嫁女回娘家探問父母之說為誤。

新娘被丈夫看不上，被打發回家，不能「寧父母」，其事古代當時有發生，故此嫁女「憂心忡忡」。此類事，先秦之典藉雖未見記載，而《世說新語·賢媛》謂：「許允婦是阮衛尉女、德如妹，奇醜。交禮竟，允無復入理，家人深以為憂。會允有客至，婦令婢視之，還答曰：『是桓郎。』桓郎者，桓範也。婦云：『無憂，桓必勸入。』桓果語許云：『阮家既嫁醜女與卿，故當有意，卿宜察之。』許便回入內，既見婦，即欲出。婦料其此出無復入理，便捉裾停之。許因謂曰：『婦有四德，卿有其幾？』婦曰：『新婦所乏唯容爾。然士有百行，君有幾？』許云：『皆備。』婦曰：『夫百行以德為首，君好色不好德，何謂皆備？』允有慚色，遂相敬重。」女子四德：德、言、容、功。許允欲先聲奪人，指新娘無「婦容」；詎料新娘稱自己僅無「婦容」，而謂許允「好色不好德」，轉守為攻；使原本處於優勢、氣勢洶洶的許允面有慚色，不得不對新娘刮目相看，敬重有加，以禮相待。看來，幸虧有桓範及時「救駕」，又幸虧新婦阮德如妹貌雖醜而聰慧機智有辯才，否則，她於新婚夜獨守洞房，第二天知難而退的命運恐怕在所難免。由此思之，舊婚禮中新娘頭上那一方鮮紅厚實的蓋頭，

其真正的神秘作用就呼之欲出了：並不是為無端地給雙方增加一點「懸念」，而是讓雙方在互不知「盧山真面目」的憎懂之中，將「父母之命、媒妁之言」控制的婚禮得以順利進行完畢，「一拜天地，二拜高堂，夫妻對拜」之後，夫妻名義成立，生米幾乎煮成熟飯，入了洞房，才許新郎揭蓋頭——最後攤牌，不滿意長相，想反悔也就晚了。不過，新郎沒上床，還算沒最後「煮成熟飯」，反悔就還是可能的。也難怪《召南・草蟲》之新娘在出嫁路上「憂心忡忡」「憂心惙惙」，到相見、同床之後，才「我心則降」「我心則夷」，終於可以「寧父母」了：至此，讀者似乎可以想見，這位對自己容貌信心不足的新娘，這時總算喘出了一大口氣。

第四，是古代男子的擇偶標準，也近似於娶妻的審美標準，是新娘要身材健壯高大，以利於多生健康子女，特別是多生男孩。如《周南・桃夭》：「桃之夭夭，灼灼其華。之子于歸，宜其室家。桃之夭夭，其葉蓁蓁。之子于歸，宜其家人。桃之夭夭，有蕡其實。之子于歸，宜其家室。」這是一首結婚典禮上唱的「喜歌」，已經成為定論了。但說這個姑娘嫁來（之子于歸），會「宜其室家、家人、家室」（「室家、家人、家室」是一回事），到底是什麼意思？古來有兩種代表性的解釋。一種以漢鄭玄箋為代表：「宜者，謂男女年時俱當。」這是把「宜」釋為「合適」，「室家」釋為「家庭」。即這個姑娘組成家庭是合適的。另一種以宋朱熹《詩經集傳》為代表：「宜者，和順之意。室謂夫婦所居，家謂一門之內。」與鄭玄箋的區別是，他除把「宜」釋為「和順」外，把「室家」釋為包括小夫妻在內的大家庭了。現代學者王力先生主編的《古代漢語》即採用朱熹的意見，釋此句為「能使她的家庭和順」。

但是，「桃之夭夭，灼灼其華」喻「男女年時俱當」可以；「其葉蓁蓁」「有蕡其實」呢？「蓁蓁」形容多，「有蕡」形容大，與「男女年時俱當」就無關了，與「家庭和順」亦似無關涉。且「能使她的家庭和順」似非古人之婚姻觀念，古人對婚姻的期待往往很具體，不大可能與後人相同。

《小雅・無羊》：「牧人乃夢：眾維魚矣，旐維旟矣。大人占之：眾維魚矣，實維豐年；旐維旟矣，室家溱溱。」眾，當讀為蝝，螽（蝗蟲類）的異體字；維，相當於「與」。是說牧人夢見了兩種繁殖力強的動物（蝗蟲與魚）與聚眾的軍旗（旐與旟），預示他能有眾多的子孫。毛傳：「溱溱，眾也。旐旟所以聚眾也。」鄭玄箋：「溱溱，子孫眾多也。」顯然，此「溱溱」即《桃夭》之「其葉

蓁蓁」中的「蓁蓁」，毛傳：「蓁蓁，至盛貌。」《桃夭》既以「桃之夭夭，灼灼其華」、「桃之夭夭，有蕡其實」、「桃之夭夭，其葉蓁蓁」起興，言此夭夭之桃樹華、實、葉皆盛，則新娘之「宜其室家」也即《小雅·無羊》之「室家溱溱」之意，是說這女子嫁來，能生育眾多子女，為新婚祝福之辭。

《桃夭》的前一首詩《螽斯》：「螽斯，羽詵詵兮，宜爾子孫，振振兮。螽斯，羽薨薨兮，宜爾子孫，繩繩兮。螽斯，羽揖揖兮，宜爾子孫，蟄蟄兮」，也是一首在婚禮上祝福新娘多生子之歌，「振振」即「溱溱」、「蓁蓁」，「宜爾子孫」與《桃夭》之「宜其室家、宜其家室、宜其家人」、《小雅·無羊》之「室家溱溱」意同；也即古人所謂「宜子」或「宜男」，指女子富於生殖能力。宋李樗、黃櫄《毛詩集解》即說：「詵詵（莘莘），眾多貌。振振，……杜元凱注《左傳》『均服振振』云：『盛也。』薨薨，群飛之貌；繩繩，不絕之貌。……揖揖、蟄蟄，……要之亦見其聚之貌與子孫眾多之意耳。……如宜其室家，皆當以此類推。」宋楊簡《慈湖詩傳》：「揖揖，言其羽多相比密。子孫多謂之宜子孫。」

無獨有偶，「宜男」也用為新婚祝福之辭。《北史·崔悛傳》：「婁太后為博陵王納悛妹為妃……婚夕，文宣帝舉酒祝曰：『新婦宜男，孝順富貴。』」原始民族對婚姻的觀念是樸質而實際的，即為延續種族後代。從古代后妃的「椒房」（以花椒泥為后妃居室抹牆，取多子之意），到近代新婚時人們仍然習慣於祝福「早生貴子」、給新婚夫婦吃「子孫餃子」等，無不是這種古老習俗的遺跡。

原始民族樸質而實際的婚姻的觀念——多生健壯的子孫後代，決定了古代男子的審美觀點與擇偶標準：女子以高大為美；新娘高大強壯，其生育力必旺盛，子女才能健康強壯。這是初民維持種群繁盛之需要。故此詩各章皆以「桃之夭夭」起興；也可以解釋《詩經》中唯一的美女詩《衛風·碩人》為何稱此美女為「碩人」，戀愛詩《陳風·澤陂》稱女友為「有美一人，碩大且卷」「碩大且儼」，歌唱新婚的詩《小雅·車舝》以新郎口氣稱新娘為「碩女」（辰彼碩女，令德來教）。

與《桃夭》、《螽斯》相類似的讚美新娘高大健壯、能多生子的詩，還有一首《唐風·椒聊》：「椒聊之實，蕃衍盈升。彼其之子，碩大無朋。椒聊且，遠條且！椒聊之實，蕃衍盈匊。彼其之子，碩大且篤。椒聊且，遠條且！」椒聊即花椒，花椒子生得很多，所以說「蕃衍盈升」、「蕃衍盈匊」（掬）。用以祝福那「碩大無朋」、「碩大且篤」（篤，壯實）的新娘（彼其之子，等於說「那個

姑娘」），也生育眾多健康的子女。遠條，猶遠揚。《西漢文紀·趙飛燕外傳》載成帝無子，為趙飛燕建遠條館，即取椒聊遠條之意，是說花椒樹枝條長而茂盛，必然多籽，以喻人多子。說明漢人深明此詩之意。

至於女至夫家，使家庭和睦，那是後人的理念，不宜以今律古。

第五，是已婚婦女普遍擔憂生不出孩子，特別是男孩；而渴望多生孩子，特別是男孩——而天子君王家尤甚。

其原因，當然與要求新娘高大健壯相同，為的就是蕃衍種群。古代男女同姓不通婚，女子都嫁往外族，從夫姓，做夫家的主婦，主持夫家的祭祀；男子則娶外族女子以生子。過去講傳宗接代，其實就是家族繁衍；不生男孩，宗族就斷了根緒。古人又相信人死了變成鬼，在陰間也要穿衣吃飯，全靠後代歲時祭祀，「神不歆非類，民不祀非族」（《左傳·僖公十年》），不是自己的子孫祭祀，祖先神是吃不到的。所以「絕了後」，祖先便成了餓鬼，那還了得！所以後來孟子說：「不孝有三，無後為大。」東漢趙岐注：「於禮有不孝者三事，謂阿意曲從，陷親不義，一不孝也；家貧親老，不為祿仕，二不孝也；不娶無子，絕先祖祀，三不孝也。三者之中無後為大。」但如果娶了妻，卻生不出兒子，那就是妻子的責任了，男人是從不自責的——古人當然不懂，不生育或生不出兒子，有時不怪女子。打個比方，農民只知道撒種入田，土地便應「秋收萬顆子」；如果絕產，或收不到好糧，那就是土地的毛病——種子有無問題，他是不管的。這樣，生不出兒子，女人日子就難過了：讓祖先成餓鬼，陷男人於不孝，罪何如之！於是古來有合法逐妻的「七出」：「不順父母者、無子者、淫僻者、嫉妬者、惡疾者、多口舌者、竊盜者。」（《孔子家語·本命解》）無子者竟要被休棄！為了保住自己，減輕陷夫於不孝之罪過，她得冒著失寵危險，主動要求丈夫納妾，甚至自己親自出馬，為丈夫納妾以生子——無怪乎古代已婚女子以不能生子為最大憂患了！明乎此，可以澄清對《詩經》某些詞語與某些篇什詩旨的模糊認識。

如《衛風·伯兮》寫女子的丈夫為王「前驅」出征，她在家裏繫心丈夫安危，憂慮發於吟詠：「焉得諼草，言樹之背？」是說，從哪兒能得到忘憂草，把它栽種在我的北堂，以使我忘記憂愁？言，動詞詞頭；樹，栽種；背，通「北」，北堂，婦人所居之處。釋者往往但謂「諼草，又名萱草，古人以為此草可以使人忘憂」，而不言其命名之初，是使何人忘憂、何以使人忘憂、忘記

何憂。諼草，本名萱草，又稱鹿蔥、宜男、金針花。古人以為孕婦佩戴此草，可以生男，故稱宜男草、宜男花。《齊民要術・鹿蔥》引晉周處《風土記》：「宜男，草也，高六尺，花如蓮。懷妊人帶佩，必生男。」因古代已婚婦女以不能生子為最大憂患，佩之既可生男，便可以使婦人忘憂。而「諼」，忘記，與「萱」音同，因亦稱萱草為忘憂草、諼草。已婚女子常栽種於居室（北堂）之前，備懷孕時佩戴，以能生子而忘憂。故後稱母親為「萱堂」，稱對方母親為「令萱」，本此。而《衛風・伯兮》的女主人公想得到萱草，以忘掉對丈夫安危的憂愁，是把忘憂草遺忘無子憂愁的功能擴大化了，以為它能使人忘記一切憂愁──難怪後人更不知諼草（萱草、忘憂草）命名之由來了。

又如《周南・芣苢》之詩旨，人多以為乃婦女勞動之歌，此固不誤，然多未知其妙也。清方玉潤《詩經原始》謂：

> 讀者試平心靜氣，涵詠此詩，恍聽田家婦女，三三五五，於平原繡野、風和日麗中，群歌互答，餘音嫋嫋，若遠若近，忽斷忽續，不知情之何以移，而神之何以曠，則此詩不必細繹而自得其妙焉。……今世南方婦女，登山採茶，結伴謳歌，猶有此遺風云。

方玉潤所描述之境界則生動矣，然而比採芣苢於採茶，殊不知採芣苢之「採之、有之、掇之、捋之、袺之、襭之」，有何情趣，有何妙處，而婦女歌之津津有味而不倦如是？故清袁枚《隨園詩話》嘲曰：「三百篇之『采采芣苢，薄言采之』之類，均非後人所當效法。今人附會聖經，極力讚歎。章艕齋戲仿云：『點點蠟燭，薄言點之；剪剪蠟燭，薄言剪之。』聞者絕倒。」採芣苢婦女之幽遠情趣非但不被諳熟經典之文人理解，反遭其哄堂嘲笑。又或曰，點、剪蠟燭，固然乏味而非其所比，勞動則可興高采烈。並謂採芣苢是「鄉野的窮人」採其嫩葉以為食物。今按，勞動固可興高采烈，而如此簡單之勞動，且為「鄉野的窮人」採其嫩葉以糊口，何以興高采烈至此乎？故愚謂袁枚之嘲固不可從，而「採食」之說亦為可疑也。

據毛傳：「芣苢，馬舄；馬舄，車前也，宜懷任焉。」孔穎達疏：「《釋草》文也。郭璞曰：『今車前草，大葉長穗，好生道邊，江東呼為蛤蟆衣。』陸璣疏云：『今藥中車前子是也……可煮做茹，大滑，其子治婦人難產。』」則疏所謂「可煮做茹」者，乃車前之葉；而下文「薄言捋之」者，則只能是車前之籽。因車前草之葉緊貼地面而生，不可能捋下；其籽則可捋取。且車前子成熟時，

已為盛夏；其葉此時已老，不堪食用矣。又，「捋之」者，直取其籽，便於盛裝，稍減搬運之勞也；「掇之」者，乃取其穗，故尤須用袋類盛裝，或徑以衣襟兜盛，《詩》言「袺之、襭之」，固無足怪也。筆者五十年前曾於黑龍江省依安縣農村參加過此種勞動，故知其詳。

陸璣所說治婦人難產，毛傳所謂「宜懷任（妊）焉」者，乃車前草之籽，可製中藥。此亦符合毛序「和平，則婦人樂有子矣」之說。則解此詩，當澄清者二：一則採芣苢者，乃取其籽；二則採之非為食用，乃為婦女助生之藥。如此理解，則少婦三五成群，心照不宣，人或問之，亦笑而不答，有「樂有子」之美好與甜蜜，而無采葛、采菽、采苕等營生之沉重與無奈；有「宜懷任」之神秘感與期盼，而無「克禋克祀，以弗無子」之惶恐，故能樂此不疲，三復其辭、歌之詠之而不厭焉，方與方玉潤所描述之情趣與境界相合。

至如天子、君王，多生子就非僅為延續種族（此為龍種、貴族），而且有了承續王位、鞏固王權的重大政治意義，此為特殊人群之特殊生殖心理。《禮記・昏義》：「古者天子後立六宮，三夫人、九嬪、二十七世婦、八十一御妻，以聽天下之內治。」「聽天下之內治」是說給別人聽的，其實姬妾成群，就是供君王滿足淫慾（此為歷代專制者之特權），還有一個理直氣壯的說辭，就是《禮記・曲禮下》所謂：「納女於天子，曰『備百姓』。」姓，這裡作「子孫」講，「備百姓」即生育成百的子孫。幹什麼用呢？嫡長子繼承王位，如《小雅・斯干》所謂「乃生男子，載寢之床。載衣之裳，載弄之璋。其泣喤喤，朱芾斯皇，室家君王」；其他的庶子，都封作諸侯王，以拱衛一姓之王室。所以君王一旦得子，那就是天大的喜事，往往大赦天下，賞賜臣民，普天同慶；一旦君王生不出兒子，便如喪考妣：大寶將旁落，那還了得！為君王得子，君臣往往急得如熱鍋上的螞蟻，無所不為。如上文載漢成帝無子，為趙飛燕建遠條館。又《史記・春申君列傳》載，「楚考烈王無子，春申君患之，求婦人宜子者進之，甚眾，卒無子」。婦人宜子者，即能生男孩的婦女，可能是經過驗證的？

《詩經》中未見寫天子無子的，卻有祝福君王多生子孫的，此篇即是《大雅・既醉》：

> 既醉以酒，既飽以德。君子萬年，介爾景福。
> 既醉以酒，爾殽既將。君子萬年，介爾昭明。
> 昭明有融，高朗令終。令終有俶，公尸嘉告。

其告維何？籩豆靜嘉。朋友攸攝，攝以威儀。

威儀孔時，君子有孝子。孝子不匱，永錫爾類。

其類維何？室家之壺。君子萬年，永錫祚胤。

其胤維何？天被爾祿。君子萬年，景命有僕。

其僕維何？釐爾女士。釐爾女士，從以孫子。

這是周王祭祀祖先儀式結束前，工祝之官轉達神尸代表受祭的祖先神對周王的祝福語。前四章，神稱讚祭禮之酒肴美好、助祭者莊重嚴肅，說會賜給君王長壽、大福、光明、善終，所謂「君子萬年，介（通丐，給予）爾景福」「高朗令終」；後四章，說天子會世代保其君位，所謂「天被爾祿」「景命有僕（通附）」；會賜予你孝子賢孫，綿綿不絕，所謂「孝子不匱，永錫爾類」、「室家之壺」（音 kǔn，廣大）、「釐（通「賚」，賞賜）爾女士（士女），從以孫子（子孫）」。神之祝語便體現了君王的幸福觀。其中心意思是說君王會有永不匱絕的孝子，因天會賜你族類，子孫會眾多盛大：即「室家之壺」——《國語·周語下》：「壺也者，廣裕民人之謂也。」則「室家之壺」，也即《周南·桃夭》之「宜其室家」；「廣裕民人」，即生出無窮匱的皇子皇孫，也即下文的「女士」（士女）與「孫子」（子孫），「永錫（通賜）祚胤」之「胤」。而說者輒謂「室家之壺」、「女士」與「孫子」為奴隸及其子孫（于省吾《澤螺居詩經新證》），此又風馬牛不相及也。究其原因，則望文生義，謂「景命有僕」之「僕」為僕人，而不顧毛傳、鄭箋異口同聲，皆謂「僕」通「附」——《莊子·養生主》「適有蚊虻僕緣」可以為證；鄭玄箋且明謂「成王，女（汝）既有萬年之壽，天之大命又附著於女，謂使為政教也。」使為政教，即使之治理天下。天子要的是眾多的皇子皇孫以傳承君位、維護君位，自己死後有代代君王祭祀而得以「血食」，與「僕人」「奴隸及其子孫」何干之有？

以上五端，為筆者讀《詩》婚戀生殖篇什之淺見，其要點載於鄙著《詩經新釋》（2018，北京聯合出版公司），書於此，以祈讀者教正。

《文史知識》，2023 年 3 月，2023 年 5 月，有刪節

一篇論文引起的學術討論

　　1995 年 3 月，我在《北方論叢》發文《何謂「以事為名，取譬相成」》，約一年之後，收到來自四川綿陽的一封讀者來信，署名陳朋，以娟秀的字跡、文白夾雜的語言、繁簡交錯的字體、行草並下的書法，對鄙說提出質疑。看出其學識淵博，舊學功底極深。我不敢怠慢，便認真回覆。經反覆近十封信的討論辯難，我看出對方漸有謙退許可之意，於是提出求同存異，並言及個人私情，以緩解數年來劍拔弩張的學術觀點對立氣氛。果然對方非常高興，寄來了他的近照，講了家庭情況，告我他生於 1922 年，舊四川大學畢業，退休前在四川綿陽師範學院教古漢語——果然是一位古學淵深的老學者！後來他坦率地告訴我，他篤信了幾十年的「以事為名，取譬相成」段玉裁說的合理性被動搖了，而認為「以事為名」的「名」指字音是正確的，並寫了一篇支持鄙文的文章《贊「以事為名指聲符」說》，在《綿陽師範學院學報》2007 年第九期發表。提要謂「對於一個探本抽薪、很有價值和力量、恢復一千八百年前形聲定義原貌的論斷非常贊成，因而為之簡介、闡述、申論，期於早日得到廣泛共識」，體現了一位老學人對學問孜孜求索、從善如流的可貴風格。

　　對這樣一位飽學而高尚的老人，我自然是尊重而心嚮往之的。於是大約於2006 年，借到成都出差之機，買了長途汽車票，到綿陽去拜望老人家。未想到接到電話，已八十多歲的他手拿著我送給他的鄙著《訓詁散筆》，親自下樓來接我，熱情誠摯，歡若知己。我聽說他有眼疾，送給他兩小瓶日本眼藥水，

朋友送我的手工鞋墊等小禮物。為不讓老人接待我而費力，還買了一隻燒雞。陳師母其時已臥病，我進內室看她，她開玩笑說：「你還自帶伙食！」我環視其家，古書滿架。從容言次，老人告訴我，他年輕之時，《詩經》、《左傳》，可以成誦。其時他正應邀整理某縣縣志。我深切地感悟到：這樣的寶貴的老學者，存世的已經不多。我與此老的初會，也很可能是最後一面，故分別時戀戀不捨。果然，2008 年汶川大地震時，成都受到影響，老人被迫遷居，因年事已高，禁不起動盪漂泊，竟溘然而逝。我聞訊極度悲痛，給她女兒寄去喪儀及輓聯（字句忘卻了）。她女兒來信，綿陽師範學院為老先生舉行了隆重的葬禮，輓聯很長，我只記得有「文史星曆」四字。這是我人生中因學術討論而與一位學問曠世的老人建立的纏綿感情，一段不無遺憾的追憶。重睹老人的遺容、墨蹟，念歲月之無情、長者之凋零，幾欲愴然而泣下！

附鄙文《何謂「以事為名，取譬相成」》

對許慎關於形聲字的定義「以事為名，取譬相成」，段玉裁《說文解字注》解釋道：

> 事兼指事之事、象形之物，言物亦事也；名即「古曰名，今曰
> 字」之名。譬者喻也，喻者告也。以事為名，謂半義也；取譬相成，
> 謂半聲也。江河之字，以水為名，譬其聲如工可，因取工可成其名。

自段玉裁如此說解之後，說形聲者率皆沿襲其說。如黃侃述、黃焯編《文字聲韻訓詁筆記·文字學筆記》「說文綱領」：「以事為名者，以言其形；取譬相成者，以言其聲。」但這種解釋其實是有問題的，關鍵在於對「名」的理解。

如果說「名」即「古曰名，今曰字」之名，那麼，江河之字以水為名也即以水為字，所有從水之字也都以水為名也即以水為字，「名、字」豈不是成了義符的同義語？又，既然江河之字已經「以水為名」了，為什麼還要「譬其聲如工可，因取工可成其名」？「以水為名」的「名」與「因取工可成其名」的「名」是不是一回事呢？如果是一回事，為什麼說成兩橛（水之「名」與江河之「名」）？如果不是一回事（前一「名」指水旁，後一「名」指江河之字），豈不是違背了邏輯的同一律？

「字」是「名」的古義。至少在漢代以前，這個意義已經不使用了：

（1）《管子·君臣上》：「書同名，車同軌。」（《史記·秦始本

紀》：「車同軌，書同文字。」）

（2）《儀禮・聘禮》：「百名以上書於策，不及百名書於方。」鄭
玄注：「名，書文也。今謂之字。」

（3）《周禮・秋官・大行人》：「喻書名。」鄭玄注：「書名，書
之字也。古曰名。」

（4）《論語・子路》：「必也正名乎！」皇侃義疏引鄭玄注：「正
名謂正書字也。古者曰名，今世曰字。」

許慎與鄭玄是同時代人，顯然，他解釋形聲字說「以事為名」時，不會使用當
時人已不習知的「名」的古義。許慎《說文解字敘》中的「名」字僅此一見。
他凡說到「文字」的意思，或曰字，或曰文，或曰書，皆不用「名」。

筆者以為，許慎「以事為名」的「名」是指名稱、名號，也就是字音（古漢
語中往往一字一詞，這裡的「字音」等於說「詞的語音形式」）。《說文解字・口
部》：「名，自命也。從口從夕，夕者冥也，冥不相見，故以口自名。」《春秋繁
露・深察名號》：「鳴而命施謂之名，名之為言鳴與命也。」《管子・七法》「名
也」尹知章注：「名者所以命事也。」就是說，某事物叫什麼，也即人們稱它為
什麼，這就是它的「名」，指字音而不指字形。

而以「名」為字音，歷時久遠：

（5）《淮南子・說林》：「或謂冢，或謂隴，或謂笠，或謂簦，頭
蝨與空木之瑟，名同實異也。」高誘注：「頭中蝨，空木瑟；其音同，
其實則異也。」

王念孫《讀書雜志・淮南內篇》第十七指出：

「或謂簦」下，當有「名異實同也」五字。言冢與隴，笠與簦，
名異而實同；若頭蝨與空木之瑟，則名同而實異也。

黃侃述、黃焯編《文字聲韻訓詁筆記・文字學筆記》「略論推尋本字之法」亦
曰：

蝨與瑟一音，若依今日注音字母之法為之，則蟣蝨之蝨與琴瑟
之瑟終古無別也。〔註1〕

《淮南子》的作者是漢初人，他這裡所說的「名」指字音。又王筠《說文釋例・

〔註 1〕蝨與瑟皆為入聲、櫛韻、山母字，音同。

形聲》：

> （6）夫聲之來也，與天地同始。未有文字以前，先有是聲，依聲以造字，而聲即寓文字之內。故不獨形聲一門然也。先有日月之名，因造日月之文；先有上下之詞，因造上下之文。

可見，近世的文字學家也以「名」為字音。

「名」既指字音，那麼，「以事為名」當指聲符。以許慎所舉「江、河」字為例，事指工可（工可為二事，江河則為另二事），江河古同工聲可聲，即以工、可為其名（指字音，即聲符）。這其實也就是假借方法的「本無其字，依聲託事」（依工可之聲，託江河之事）。

段玉裁說「取譬相成」是「謂半聲也」，大約是本之於《顏氏家訓·音辭》：「逮鄭玄注《六經》，高誘解《呂覽》、《淮南》，許慎造《說文》，劉熹制《釋名》，始有譬況假借，以證音字耳。」而顏之推所謂「譬況假借，以證音字」，是指古人訓詁中用的「某讀如某」式的注音、說明通假的方法。〔註2〕張守節《史記正義·論音例》也說：「先儒音字，比方為音。至魏秘書孫炎，始作反音。」這譬況比方以證音字的方法，與許慎解釋形聲字所用的「取譬相成」並非一事。

所謂「取譬相成」當指義符。以江、河字為例，江、河都屬水類，於是以工可為其名（聲符），取水作譬況以成江河之字。

這並不是新觀點。顧實《中國文字學》就說過：〔註3〕

> 其半為聲者，本從假借而來，故假借曰「依聲託事」，而此亦曰「以事為名」矣；其半為形者，兼取會意之式，故會意曰「比類合誼」，比者譬也，而此亦曰「取譬相成」矣。或曰：「譬者，假借其聲音也。」是豈其然哉！

其言中肯（唯「比者譬也」，似於義未安。愚謂比者，比併也）。不過，他的觀點並未為人所重視，於是至今只剩下了一種權威的段玉裁的解釋。而段的解釋又實在扞格難通，所以講文字的書或引段說而一帶而過，或有意無意地迴避了

〔註2〕王利器《顏氏家訓集解》引盧文弨云：「此不可勝舉，聊舉一二以見意：鄭注《易·大有》明辯遰，讀如明星晢晢；《晉》初爻摧，讀如南山崔崔；《周禮·太宰》斿，讀如囿游之游；《疾醫》祝，讀如祝病之祝。」

〔註3〕顧實，近代語言文字學家，《辭源》編纂者之一。《中國文字學》刊《東南大學叢書》，二十年代出版。

對許慎形聲字定義的解釋。這個問題確實早該澄清了。

後　記

後來，又見到一個「名」當「字音」講的例證：《魏書·張普惠列傳》：「尚書崔亮曰：『諫議所見，正以太上之號不應施於人臣。然周有太公尚父，亦兼二名。人臣尊重之稱，固知非始今日。』普惠對曰：『尚父者，有德可尚；太上者，上中之上。名同義異，此亦非並。』」張普惠之意，尚父之尚，與太上之上，字音相同而意義相異。也以「名」為字音。

陳朋先生與筆者討論許慎形聲字定義段說通信集

說明：此集時延三載，書逾十函，可見老一代學者對學術矻矻以求的認真精神、謙恭儒雅的學人風度，與目前浮躁粗蕪的學風適成對照。

陳朋先生第一函（1996.2.16）

金壁先生：

您好！

我是您的大作《何謂「以事為名，取譬相成」》的讀者，請恕我冒昧，我寫這封信向您請教。希望先生能在撰述講學百忙中垂察此函，不吝賜教。

反覆讀先生論文，收益良多。堅持形聲字發生發展都是以音為綱、形符注義以為用的觀點的，這自然是符合漢字發展的實際的。但朋自愧淺學，獨有幾個有關問題不能釋然，臚陳於後，乞便中錫以明教，幸甚幸甚！先生潛心學術，諒不以唐突鄙陋見棄也，謹致敬意謝意。

問題：

1. 「以事為名」四字應該用什麼樣的現代漢語表述？

2. 顧氏解「比類合誼」的「比」為「譬」，不好理解；先生認為「取譬相成」的「譬」是「譬況」，也同意「比類合誼」的「比」是「譬況」麼？

3. 段玉裁釋「名」為「字」不當，那麼許慎是否已能認識到形聲字首先是記錄語音的？

求知心切，僻處西陲，不盡所懷，謹祝

年禧

讀者　陳朋敬上

一九九六年二月十六日

賜教處：四川省綿陽市南河索橋望園宿舍

郵編：621000

富金壁答陳朋先生第一函（1996.3.16）

陳先生：您好！

　　大函收悉。因信到時我外出，又值寒假，信在信箱中擱置數日。拜讀後又值有一較緊的工作，加之先生深思熟慮，問題切中肯綮，我亦不敢倉猝回覆，直拖至今日。遲復為歉。

　　先生信中提出的三個問題，我試答如下：

　　1.「以事為名」是否可以用下述現代漢語表述：「用其他事物（的字音）作為字音。」如「江、河」古同工聲可聲，即是以「工、可」為「江、河」字音的。「名」為名號、名稱。成詞的單字都代表某種事物、某個概念，就是字義（或詞義），也必有其名號，即字音（詞的語音形式）。形聲字的名號（字音），必以其他事物（之名號）為己之名號。

　　從訓詁學角度看，「名、聲、音」義同，故有「名聲、音聲」「名譽、聲譽」之說，所謂「渾言不別」也。

　　2. 顧氏解「比類合誼」的「比」為「譬」，我引用顧氏原文，意重其以「依聲託事」說「以事為名」，而忽略了他釋「比類合誼」的「比」為「譬」。細思之，我並不同意顧氏釋「比」為「譬」。愚以為此「比」當訓「比併」，「類」為事類、物類；「比類合誼」是排比物類，合其意義，故曰「會意」（此「會」亦當訓「合」）。而「取譬相成」之「譬」，愚意仍以為當訓「譬況」。但鄙文引顧氏言，似全面肯定，未及細繹，是為紕漏，蒙先生指出，不勝感激。

　　3. 關於許慎是否已能認識到形聲字首先是記錄語音的，愚以為，許慎已充分認識到形聲字的特點及聲旁的重要作用。觀《說文》全篇，形聲字逾太半，許氏皆以「從某，某聲」述之，為形聲之例。又清王筠《說文釋例·形聲》一節，述詞之聲義關係（也即字之音形關係，鄙文已節引），其下又言：「故執文以求聲，則象形指事，其聲在字外也；而溯其朔以論聲，即形聲字，亦聲在字先也。是以經典用字尚多第存其聲者。《玉藻》『趨以采齊』，鄭注：

『齊當為楚薺之薺。』此其一端。郝敬曰:『後人用字當義,古人用字當音。』至哉言也。」又《詩經・鄭風・有女同車》:「有女同車,顏如舜華。」《說文・艸部》:「蕣,木堇,朝華暮落者。《詩》曰:『顏如蕣華。』」(《毛詩》為古文經,許之所見,蓋今文經)先秦詩文字多假借(薺作齊,蕣作舜),說明古人用字尚音。許慎、鄭玄時代,已有大量形聲字,糾正或改變了假借字大量使用的現象。精通五經又專習文字之許慎,自當認識到形聲字記錄語音之重要作用。

形聲,《漢書・藝文志》稱「象聲」;《周禮・保氏》鄭注為「諧聲」。班固、鄭玄皆為東漢人,他們稱說形聲字皆突出「聲」。同時代之許氏雖稱「形聲」,唯較鄭、班氏更為全面妥帖而已,非不知聲之為形聲字之機樞也。

鄙意謹陳如上。蒙先生不棄,還望賜教。

富金壁敬上

一九九六年三月十六日

陳朋先生第二函(1996.4.1)

金壁先生:

您好!

三月二十五日奉讀先生覆函,欣喜莫名。承不吝賜教,盛情高誼,感謝無盡。遙致欽崇,望乞垂察。

大札所示三事,啟迪良多,幸甚幸甚。

蒙不棄,謹再以數問請益,有瀆清聽,乞勿為過。

一、表述文字中,何以止於「其他事物」而不及此事物與正為之製字的事物間關係?先生文章雖以「依聲託事」與「以事為名」比併為說,是亦同意二「事」字同指。果如此,似可作「用與正為之製字的語詞同音的字音為新造形聲字字音」;是忌其囉嗦而不取麼?

二、愚見以為,據許氏「取譬相成」一語,似可說形符(意符、義符)聲符二部件進入構形有先後,因之可說形聲字實為「一次過程,兩個步驟」。果可能如此認識,則後加形符諸字如「辟、逐、猝、芽」等字勢難與「江、河、松、柏」等同樣看待。許慎已知古文以「丂」為「巧」,以「臤」為「賢」,而「工」部「巧」篆下仍作「從工,丂聲」,「貝」部「賢」篆下仍作「從貝,臤聲」,未

與一般的「從x，x聲」相區別。「辟、芽」等字，不同於「祖」「唯」等字，因為甲金文常見的「且」「隹」用於後來的「祖」「唯」意義上是許無由見或不及見的。然而《詩‧大雅‧召旻》有「日辟國百里」，《管子‧百法》有「外之有徒，禍乃始牙」，等等。凡此諸種典藉，當為許所熟知。

不加區別，是無須區別？抑別有他故？是否許根本不懂後加意符或聲符？

時賢多謂許氏論漢字，只是作靜態的結構分析，上述第二問內容，是否足為資助？懷此諸疑，今日得以請教，惶恐惶恐，不宣意，謹頌

撰祺

陳朋敬上 1996.4.1

（恕我不恭，後續一頁）

先生所引述顧氏「故假借曰『依聲託事』，而此亦曰『以事為名』矣」一語，似乎亦有語焉不詳之病。託事之事，是以該事物之義託之於假借字；以事為名之事，依先生文章則是「以」該事物之字音。

先生釋「以事為名」，以江、河字為例，曾說：

> 事指工可（括號內字略去），江河古同工聲可聲，即以工、可為其名（指字音，即聲符）。這其實也就是假借方法的「本無其字，依聲託事」

論文在這裡緊相接，再用一括號，內注「依工可之聲，託江河之事」。這裡的「事」大致是指江河的意義內容吧？託之於誰？由誰來承擔表示江河之責呢？愚意括號內所欲表達者，原是「依工可之聲，借工可之字，使之加『水』後再託以江河之事」。

不知此語能成立否？不知是否是原文本義。

先生探求學術幽微，乞冀不棄涓埃，於都講撰述之餘，示知一二。

再請恕我冒昧唐突。

朋 又及

富金壁答陳朋先生第二函（1996.4.14）

陳先生：您好！

四月十日得拜讀先生再次來函。先生對學問鍥而不舍之探求精神，一絲不苟之嚴肅態度，足令人欽佩。而所教數事，多中拙文之病，或及其所未逮。今

就大札所示，再陳管見如下，望指教。

一、愚以為，「以事為名」與「依聲託事」是統一的。「事」為事物，物類。字有音形義，當「事」用於表示文字三要素時，它指字義；而「名」則指聲符。這與「名」在語言中指「詞的語音形式」並不矛盾。「以事為名」強調以內涵不同之他事物為聲符。拙文原句為「以『江、河』字為例，事指工可（工可為二事，江河則為另二事），江河古同工聲可聲，即以工、可為其名（指字音，即聲符）」。「以該事物之字音」，蓋余前書中語。如「之字音」三字未加括號，當為疵病。可否以此次解釋為正？

先生主張以「用與正為之製字的語詞同音的字音為新造形聲字字音」來表述「以事為名」，當然亦無不可。但愚以為許慎原意在於強調，形聲字所用聲符字之義與該形聲字無涉，唯表示聲音；而先生所謂「同音之字」不突出字義，故先生之說與許說或有參差。同樣，「依聲託事」亦意在強調「音雖同而字義不同，事類非一」。如假借字語詞之「耳」，即依口耳之聲，託己耳之事。

先生「又及」一紙疑「依工可之聲，託江河之事」，謂「託之於誰」不明晰，而欲以「依工可之聲，借工可之字，使之加『水』後再託以江河之事」諸語說之，似於愚意有所誤解。拙文同意顧氏「其半為聲者，本從假借而來，故假借曰『依聲託事』，而此亦曰『以事為名』矣」。故「依聲託事」僅與「以事為名」相照應，而非與「以事為名，取譬相成」相照應。若江河之字，即「依工可之聲，託江河之事」。因江河古聲與工可同，口中發工可之聲，筆下寫工可之字，即可以託江河之事矣。

文獻中雖未見「工可」指江河之例，但古書中此類事甚多。即如先生所舉，許氏已知古文以「丂」為「巧」，以「臤」為「賢」，則古文即依「丂」之聲，託「巧」之事；依「臤」之聲，託「賢」之事（此「聲」指「丂、臤」之字），此假借而非形聲。拙文論及江河字之聲旁（以事為名），故曰與「依聲託事」同。若夫形聲之字，則須以「以事為名，取譬相成」說之。如「巧」，則是以「丂」為名，取「工」為譬以成「巧」之字；賢，以「臤」為名，取「貝」為譬以成「賢」之字。假借與形聲之說解不容混淆。

二、形聲字之「一次過程，兩個步驟」，當然可如來說。然以愚見，很多形聲字之前身即假借字。即如先生所舉諸字為例：辟，法也；於辟、僻、避、嬖等產生之先，古人即依辟之聲，託開闢、邪僻、躲避、嬖愛之事。牙，齒牙也；

於「芽」產生之先，古人即依牙之聲，託萌芽之事。卒，士卒也；於「猝」產生之先，古人即依卒之聲，託匆遽、倉猝之事。

　　據許氏《說文敍》「倉頡之初作書，蓋依類象形，故謂之文；其後形聲相益，故謂之字。字者，言孳乳而浸多也」之說，知辟、猝、芽之產生，當在辟、卒、牙之後。然則焉知先生所舉之「江、河、松、柏」字無類似之階段也？甲骨文雖為早期文字，然已是比較成熟的文字，我們無由知其初級形態。又如「干」字，《易·漸》有「鴻漸於干」，《詩·魏風·伐檀》有「寘之河之干兮」，毛傳：「干，厓也。」一般辭書皆釋「干，岸也」，而不及「干、岸」之關係。愚意以為「干」即「岸」之古字。干，楯也。依干之聲，託厓岸之事，是為用字之假借。其後益以厂，又益以山（所謂形聲相益也，此則益以形），遂成岸字。若岸，則以干為名，取屵為（實則為厂、山）譬，以成河岸、高岸之字。若此，則「一次過程，兩個步驟」之說，亦有可商矣。而辟、猝、芽之諸字，與江、河、松、柏等字，在我們看來，只能說前者晚於後者；而難以說後者造字之始即為形聲字。故愚以為二者實質上並無大的區別。

　　三、先生提及許書對漢字作靜態分析事，愚以為，據篆文形說字本義，為許書宗旨或通例。故其做靜態分析亦屬正常合理。

　　鄙人「半路出家」，本無根底。偶有一得之見，蒙先生數致函指教，於金壁實為鞭策。先生覃思研精，金壁於先生大函受益良多，謹致謝忱，並頌
大安

富金壁謹上
1996.4.14

陳朋先生第三函（1996.5.7）

金壁先生：

　　您好！

　　這次先生的信是四月二十四日奉得的，十分感謝不以素昧生平、迄未謀面見棄。問道有方，請益得所，深幸深幸。

　　茲按大札所示順序，續陳固陋，敢乞明示。

　　先生稱：「『以事為名』與『依聲託事』是一致的」，愚意以為，如果「一致」指相同，則只是表現在兩點上：①「事」都指正為之製字的語詞所示事物。

六書中指事一詞的「事」也一樣。②都有借他字語音（字音）的性質（這是就先生所主張的「『以事為名』當指聲符」說的）。此外，恐怕也就沒有什麼「一致」了。當然，先生是不會認為「以……」和「依……」相同的。

先生嚴假借與形聲之辨：提出「假借與形聲之說解不容相混」，愚意以為至確至要。而具體理解，則愚以為：假借一書既借字借音，被借字又「受託」表義，即表示正為之製字的語詞所代表的事物的意義內容；而形聲一書的聲符但借字借音作為表音構件，而無受託表所經營創制中的形聲字之義之功能。西、來、朋、長諸字被借後皆獨立任事，分別表示一種方位、一種行為、一種人際關係中的人、一種官職，而桃、李、清、浩諸字中的兆、子、青、告能獨立表示一種果樹、又一種果樹、一種水之形態、又一種水之形態乎？當且未加示旁、隹未加口旁以前而分別表示祖宗的祖、發語助詞隹（金壁按，當作唯）的時候，它們只是假借。

先生以「江、河字為例」解說先生所主張的「『以事為名』當指聲符」，有如是說：

> 事指工可（工可為二事，江河則為另二事），江河古同工聲可聲，即以工、可為其名（指字音，即聲符）。這其實也就是假借方法的「本無其字，依聲託事」（依工可之聲，託江河之事）。

先生未訓釋「以事為名」之「事」的義訓，而以實例為說，自屬可行，但「其實也就是」一語及最末一括弧內十字，愚以為是值得考慮的。

先生認為：以事為名四字，「許慎原意在於強調，形聲字用與該字字義無涉之它字為聲符。」僕不敏，於此說竊有所疑。宋人王聖美創「右文說」以來，清儒及現代學人論形聲字聲中多有義者多人，可謂殆成定論。惜已謝世的楊遇夫先生曾列九類「聲中有義」字義例，指出：芺翟聲字多含曲義、蒸聲晏聲字多含白義、曾聲字多含重義加義高義、赤聲者聲朱聲叚聲字多含赤義、呂聲旅聲盧聲字多含連立之義、并聲字多含並列之義、邕聲容聲庸聲字多含蔽塞之義、重聲竹聲農聲字多含厚義、取聲奏聲恩聲字多含匯聚之義（《積微居小學金石論叢‧形聲字聲中有義略證（增訂本）》）。楊先生例多，今摘錄一二。「觕，曲角也」。「卷，厀曲也」「趚，行曲脊貌」「層，重屋也」「矰，隿射矢也」「駢，駕二馬也」，今按，佚字姘字也應是聲符中有義。楊先生為一代大師，論述中只用「多含」，且其論述容或有未盡愜人意處，然以視「形聲字

用與該字字義無涉之它字為聲符」之說，豈非遠相違牾？

　　前向先生述及形聲字兩體合成，可否得「一個過程，兩個步驟」之說，實為至今仍感困惑之疑。承示說解，甚謝。茲擬略陳懷此問始末。據許氏「相成」二字，顯然「取譬」在第二步。僕自初接許書以來，即一直以段氏「半聲」之說理解「取譬」，而從未感到有可商榷處。及讀先生《何謂「以事為名」》，最初純然不能接受。後來重讀我省一位學者論文中引述清儒戴震《答江慎修先生論小學書》裏的話「六書之諧聲、假借，並出於聲，諧聲以類附聲，而更成字；假借依聲託事，不更製字」，始悟先生「『以事為名』當指聲符」之理。這位學者更有不如稱形符、意符、義符為「類符」之主張。他說：「『以類附聲』之說確中肯綮。」實推動不才接受先生「以事為名指聲符」之說之重大原因。然而造形聲字時形聲二符誰先進入構形，此問題，始終未能釋然。豈膠著於此為誤區耶？《說文》未收「鼶」字，《方言》卷八：「宛野謂鼠為鼶。」《玉篇》作「鼶」。字形上部件在左在右，固無煩究心。但構形時先鼠耶？先隹耶？則竊有疑焉。抑不才拘守，鑽牛角尖耶？倘許氏果如某些論者所稱，僅對漢字作靜態的分析，則此疑不復存矣。

　　自愧不敏，益以淺學，重煩清聽，幸加曲宥是幸。

　　草草奉覆，仍候便中賜教。不盡意，即候

撰祺

　　　　　　　　　　　　　　　　　　　　　陳朋敬上

　　　　　　　　　　　　　　　　　　　　　一九九六年五月七日

富金壁答陳朋先生第三函（1996.5.15）

陳先生：您好！

　　大札奉悉。金壁材質愚鈍，偶有一得之見，自謂可就教於方家者，實未嘗深思熟慮。蒙先生數致函賜教，於往復辯難、切磋琢磨之中，受啟迪良多。今就先生函示，謹再陳淺見如下：

　　一、愚謂「以事為名」與「依聲託事」一致，不謂相同。一致者，以先生之語表述，「都有借他字語音（字音）的性質」；不謂相同者，二語強調之重點、表述之角度不同：「以事為名」者，以某事物（之語音）作為所造字反映事物之語音也；「依聲託事」者，依某事物之語音寄託另一事物也。然則兩「事」，雖皆可解為「事物」，然細繹之，則一為被借作音符者，一為借他事物聲而寄

託者，而非如先生所述：「『事』都指正為之製字的語詞所示事物。」然而如謂「指正為之製字的語詞所示事物」的僅是「依聲託事」的「事」，竊以為亦不甚確：戴東原先生不云乎：「假借依聲託事，不更製字。」故僕於先生「如果『一致』指相同，則只是表現在兩點上」及「『事』都指正為之製字的語詞所示事物」等語不敢苟同。豈僕誤解先生之意耶？抑或先生尚有未盡之意耶？乞明示。

　　二、先生謂拙文中「這其實也就是假借方法的『本無其字，依聲託事』」（依工可之聲，託江河之事）」等語「值得考慮」，而究為何「值得考慮」，僕未得先生之旨，姑簡言之。「這其實也就是」固然有含糊其辭之嫌，然僕之本意，在於說「以事為名」與「依聲託事」原則上是一致的（而非完全相同，說見前）。又，「依工可之聲，託江河之事」者，工可為與江河不同之二事，工為巧飾，可為肯，迥不同於流水之江河。而因江河字音與工可同，則依工可之聲，即可託江河之事矣。然而這個過程只相當於「以事為名」：以工可之事，為江河之名（聲符）；而欲成其江河之字，當須取水為譬況也。

　　三‧愚謂許慎「以事為名」四字意在強調形聲字用與該字字義無涉之它字為聲符，而先生以「右文說」詰之。

　　竊謂此二事雖有牽連，然實為二事。某聲多含某義者，總結多字發聲所得出之結論，謂發某聲之字多有某義，非謂某一具體之形聲字之聲符必有此義也。即如先生所舉字：兆、子、青、告之義，何關乎桃、李、清、浩之字義乎？吾人唯可就此言之。又先生所舉「觠，曲角也」，許書從角𢍰聲，按𢍰即為「捲」字，摶（搏）飯也，又與「曲」義無涉。故章炳麟《文始略例》曰：「夫同音之字，非止一二，取義於彼，見形於此者往往而有。若農聲之字，多訓厚大，然農無厚大義；支聲之字，多訓傾斜，然支無傾斜義。」此其一。

　　其二，宋人王子韶創「右文說」，然溯其源，則自晉楊泉始。而吾人所討論之「以事為名」，乃漢許慎之定義。觀許慎措辭，所制之字義與「事」無涉，唯「以事為名」，考許書形聲字範圍無一不曰「從某，某聲」，可知許慎對形聲字之認識，為聲符與形聲字字義無涉。而聲旁兼表義者，許慎一概列為會意字，而以「從某從某，某亦聲」出之。如「彰，文彰也。從彡從章，章亦聲。」「歊，歊歊氣出皃。從欠高，高亦聲。」研求許氏定義，當符合許氏本人之見。且「形聲字用與該字字義無涉之它字為聲符」，乃強調該聲符本身之字義

與形聲字義無涉，非謂該聲所可能具有之類義也（正如農聲之厚大義與農字本身之農作義無涉，支聲之傾斜義與支之枝條義無涉也）。

近來雜事繁忙，然先生大函不復，則如芒刺在背。不遑寧息，匆匆作覆。粗疏草率，望先生海涵；謬誤之處，還望先生明示為盼。此頌
大安

富金壁謹上
一九九六年五月十五日

陳朋先生第四函（1996.6.2）

金壁先生：

您好！

首先向先生敬致歉意、深致敬意。

奉得先生五月十五日手教，時在五月二十五日傍晚。承懇懇陳說，惠我實多，至感且愧。未能及早覆命，一緣反覆研習，一緣淺學陋質，更牽塵務之故，千祈曲為鑒宥是幸。

前呈一函，認為先生「這其實也就是假借方法的『本無其字，依聲託事』（依工可之聲，託江河之事）」之說值得考慮；今經明誨，得悟迷曚，乃知我拘執於必以被借音字能獨自表所受託事乃得為託事之病。誤為質疑，謹請見諒。

至於「以事為名」之「事」字義訓問題，不佞仍以為當指正為之製字的語詞所指謂的事物。即以先生近示說之，亦可證其不誤。先生說：

> 以事為名者，以某事物（之語音）作為所造字反映事物之語音也。

先生所謂「某事物」，殆即指「正為之製字的語詞所表示的事物」，否則不能符合上述先生近語中的「作為」的要求。假借一書的「依聲託事」之「事」，也與此同理。「託事」，即以口中詞所示事物相託。若以「令」為例，「令」本無表達「萬戶以上大縣之行政長官」這一事物之能力，因受託而始有之，故曰「託事」。先生論「以事為名」之「名」，非膚泛地釋為「名稱」「名號」，而必曰「指聲符」，則此「以事為名」之「事」，宜是正為之造字的語詞所指謂之事物矣。仿許論「象形」所用「畫成其物」之例，可以簡釋「以事為名」為

「以其事同音字作聲符」。學貴求真,亦貴真求。不敢有隱,亦不應有隱,冒昧瀆陳如此。

猶有一事欲有所陳者,先生「形聲字用與該字字義無涉之它字為聲符」一語中「無涉」二字,僕以為似嫌過分。先生又謂「形聲字用與該字字義無涉之它字為聲符,乃強調該聲符本身之字義與形聲字義無涉,非謂該聲之字可能具有之類義也」。為數甚眾的得義於聲之字,誠然不是得之於「聲符本身之字義」,但似乎也不宜目為「無涉」。《說文·糸部》:「絭,纕(從段說)臂繩也。」《說文·手部》:「拳,手也。」朱駿聲云:「張之為掌,卷之為拳。」楊樹達以朱說為「是也」。《說文·木部》:「棬,牛鼻環也。」《說文·豕部》:「豢,以穀圈養豕也。」《說文·巾部》:「帣,囊也。」這些從关的字,同「豢」的「曲角」義一樣,皆具「曲」義,恐不宜認為聲符「关」無涉於整個各形聲字之字義。

先生以為,「許書豢從角关聲,按关即『弄』字,搏(摶)飯也,又與『曲』義無涉。」段玉裁逕改各本《說文》「摶,圓也」為「以手圓之也」。《漢語大字典》引《齊民要術》,有「摶作丸子,大如李」之語。先生謂摶字與「曲」義無涉,恐怕也不甚相宜。臆說如此,謹就正於先生。

先生啟迪加惠,前已陳自幸問道有方心情。然重勞清聽,私衷實深感不安。今又不避狂愚,有所稟述,敢請垂察。即候

撰祺

陳朋 謹上
一九九六年六月二日

富金壁答陳朋先生第四函(1996.7.15)

陳先生:

您好!

先生第四函已於半月前奉悉,然近日太忙,昨日甫能藏事,遲復為歉。

愚謂許慎「以事為名」四字意在強調,形聲字用與該字字義無涉之它字為聲符。先生引楊遇夫(樹達)先生說。舉「豢,曲角也」,「卷,厀曲也」、「趡,行曲脊貌」,三字皆有摶曲義,誠是。然聲符表義,究與形聲兼會意字之聲符兼形符表義者有別。如关(弄)聲有拳曲義,這種拳曲義甚至可用聲同聲近

之其他字符表示。如先生引楊遇夫（樹達）先生之「趌，行曲脊貌」，其拳曲義可用「堇」聲表示；又《馬部》「騕，馬曲脊也。」其拳曲義可用「鞠」聲表示。甚而某些「句」聲之字（拘、朐、笱、鉤……），某些「出」聲之字（屈、詘）皆有拳曲義。許慎為形聲字定義，於聲符唯取其聲，而無視其可能表示之某種意義，故曰「以事為名」（事，乃與該形聲字反映不同事物的另一事）。因此，釋許慎之六書定義，當依許慎之原則。釋「以事為名」，仍以「以某事物（之字音）作為所造字反映事物之語音」為妥。然而某些聲符表義的現象畢竟存在，因此「形聲字用與該字字義無涉之它字為聲符」之說仍非允確，先生之批評是也。以上回覆，如有不妥處，還望先生教正。

富金壁敬上

一九九六年七月十五日

陳朋先生第五函（1996.7.29）

金壁先生：

謹先向先生敬致歉意和謝意，以事小去綿陽，二十七日始得奉讀先生十五日賜書，未能及早函覆，萬望曲宥是幸。

大札舉騕、趌、笱諸字，以明聲符兼表義究與形符表義有別，允為確論，認為許氏對兼能表義聲符持「不取或無視其可能表示之意義」態度之說，愚以為亦是符合情理推想。

不佞以愚鈍固陋之質，屢荷不棄，錫以明誨，所獲滋多。而先生不恥下問，獨許質疑請益，因再陳未達者一端。

先生以「與該形聲字所反映事物不同之別事」釋許氏形聲字定義中之「事」字，則是對許氏「事」字加一限制條件為解。愚以為許氏用此「事」字，似非史公《項羽本紀》樊噲語「人方為刀俎，我為魚肉」之倫，先生所解是否猶可商酌？

不佞讀孫雍長先生《論轉注》，其書於形聲字有異解，竊不敢苟同；但對孫君認為指事、假借、形聲三書定義中各「事」字「並不是簡單地泛指客觀世界中的一切事物，而是特指需要為之造字的那個語詞所指稱的事物」一說則加信從。上述請教一題與此有關。

先生術業研尋，更有課務，備極辛勤，不才又重煩清聽，歉疚益深。千祈原諒。不宣所懷。倉卒不恭，即此遙祝

撰祺

陳朋　謹上

一九九六年七月二十九日

富金壁答陳朋先生第五函（1996.8.6）

陳先生：

　　您好！

　　先生大札昨日奉悉。

　　僕以「與該形聲字所反映事物不同之別事」釋許氏形聲字定義中之「事」字，先生謂「可商酌」，頗不以僕強調兩「事」有別為然，而援孫雍長先生《論轉注》語為之證。

　　孫先生《論轉注》，愚未及讀。先生述孫先生語，謂指事、假借、形聲三書中各「事」字「並不是簡單地泛指客觀世界中的一切事物，而是特指需要為之造字的那個語詞所指稱的事物」，此說前句固無可非，而僕於其後句竊有疑焉：若夫「指事」之「事」、「本無其字，依聲託事」之「事」，確為「特指需要為之造字的那個語詞所指稱的事物」；而「以事為名，取譬相成」之「事」，僕竊謂非指「需要為之造字的那個語詞所指稱的事物」，而是指與「需要為之造字的那個語詞所指稱的事物」不同之別一事物，且此事物在所欲造之形聲字中起聲符之作用，即以反映該事物之字音作為所欲造之形聲字之字音。簡而言之，許慎所謂「以事為名」，舉典型形聲字「江、河、松、柏」為例，「公、可、公、白」為與「江、河、松、柏」不同之事，今以之為「江、河、松、柏」之名（字音），復取「水、木」為譬以助成之，即成「江、河、松、柏」之字矣。

　　即如聲旁可表義之特殊形聲字，其聲旁所表示之事物仍與該事物有別。如楊樹達先生所舉「曾」聲字多有重義、加義、高義，而「曾」（詞之舒也）究與「層」（重屋也）、「矰」（弋射矢也）、「增」（益也）、「甑」（甗也）等非為一事。此「以事為名」之「事」為「與該形聲字所反映事物不同之別事」之說也。而先生尊意謂不然乎？望指教。

　　先生為學，博覽深思，鍥而不舍，而華翰義理精深，文采爛然。則僕復先生來函雖非易事，而閱之實為樂事矣！僕為學粗蕪膚淺，不意以一譾陋小文，得蒙先生數賜函指教，所獲良多，詎非幸事！書不盡意，即頌

撰祺

後學　富金壁 1996.8.6

陳朋先生第六函（1996.8.23）

金壁先生：

您好！

先生六日賜函，此間於十五日寄舍。奉讀已還又已一周，今始裁箋述意，乞先生勿見咎。

請先為先生一陳讀孫雍長先生《論轉注》論形聲字定義感會。前上先生書中述及孫氏稱許氏六書定義中三「事」字同訓一說，不佞實加信從。然孫先生獨有下文為其論形聲字主旨服務，則向不敢苟同。茲畢錄其「下文」直至所在自然段末句如是：

> （……而是特指需要為之造字的那個語詞所指稱的事物。）就古人的思維性質而言，語詞所指稱的事物與語詞的意義內容往往是合二而一的，所以，這些「事」字，其實也就是指語詞的意義內容。所謂「指事」，就是用「視而可識，察而見意」的標識性符號來指示出所要為之造字的那個語詞的意義內容。所謂「依聲託事」，「依」者，據也，憑也，就是憑著假借字的字音，來寄託所要為之造字的那個語詞的意義內容。而「以事為名」之「事」，也同樣是這種用法，同樣是指需要為之造字的那個語詞的意義內容。

孫說解「以事為名」之「事」，為「指需要為之造字的那個語詞的意義內容」，是為他只承認以與所造形聲字同義之字為形符的字，如「到」「產」「燬」「船」「義」等很少數的字為真正按形聲法造的字的主張服務的。孫先生以「名」為形符，「譬」為聲符，與常解不殊。不佞不敢苟同孫氏解「事」為「指需要為之造字的那個語詞的意義內容」，僅信從其「特指需要為之造字的那個語詞所指稱的事物」。

孫氏著作名《轉注論》，1991 年 9 月嶽麓書社出版，前上先生書於書名有文字顛倒之誤，慚愧，請諒。

先生八月六日大札中，同意「指事」「依聲託事」中二「事」字為特指需要為之造字的那個語詞所指稱的事物，而對於「以事為名」中的「事」字，則認

為應指與需要為之造字的那個語詞所指稱的事物不同的別一事，且反映此別一事之字在所欲造之形聲字中起聲符作用，即以反映該事物之字音作為所欲造形聲字之字音。

先生近函闡說更詳，展誦尋繹，未敢少懈，今謹再陳愚見，仍乞便中賜覽，正其差謬是幸。

先生指出，「江、河、松、柏」中之「公、可、公、白」與「江」等四形聲字所表示的為斷然不同之別一事，「層」「繒」「增」「甑」中四「曾」字與「層」等四形聲字所表示的亦斷然不同，誠是矣。然而，不佞竊以為此等現象於證明「以事為名」之「事」當訓為「與需要為之造字的那個語詞所指稱的事物不同之別一事」這一看法似乎無甚助力。形聲字的聲符主於表聲，一般而言，固無取於其表示形聲全字所示事物的功能。後增偏旁的區別字、累增字如「樽」「燃」之儔，當不與乎「以事為名，取譬相成」之列。合體字之一部分與其全體字不反映相同事物，此理恐不須見之於六書定義中形聲定義之「事」字矣。先生謂「以反映該事物（朋按：形聲字所反映事物以外一事物）之字音作為所欲造之形聲字之字音」，準此，許氏何不以「摹音為名，取譬相成」或「擬音為名，取譬相成」為形聲定義？僕愚陋，揆先生意，實以與正為之造字的語詞同音之字為聲符，故為臆說如此。

許慎六書諸定義中三用「事」字，實為邏輯中同一論證過程內之事，「事」字內涵宜屬同一。且分別就指事、假借、形聲三定義求之，愚以為似乎能得其解。指事、假借二書定義中「事」已不須贅說，而「以事為名」之「事」，許殆以其事之語音為義，先生以「江、河」二字為例，稱「以工、可為名」，同時亦以「工、可」當「事」字，愚以為與許氏用「事」字於形聲定義實同一機杼，然並不悖於三「事」字同為為之製字的語詞所示事物這一基礎也。

前已陳明，僕本一向宗段說，得先生「名為聲符」之教，而試於「以事為名」重加學習。自知前路多艱而樂此不疲。先生不棄，肯時加明誨，深受啟迪，感激實深。至於過譽，愧不敢當，虔謝扶掖提攜，則非言辭所能畢宣者也。

謹復，祝

撰祺

陳朋一九九六年八月二十三日

富金壁答陳朋先生第六函（1996.9.19，殘）

（首頁闕）

……而先生謂「以事為名」之「事」特指「需要為之造字的那個語詞所指稱的事物」，以「江、河」字言之，將作何說解？先生箋末有「『以事為名』之『事』，許殆以其事之語音為義」之句，以「江、河」字例之，「事」指「江、河」耶，指「工、可」耶？此僕不解先生意者一也。

又先生引孫氏《轉注論》，謂不同意孫氏解「以事為名」之「事」為「指需要為之造字的那個語詞的意義內容」，而僅信從其「特指需要為之造字的那個語詞所指稱的事物」——而孫氏謂「就古人的思維性質而言，語詞所指稱的事物與語詞的意義內容往往是合二而一的」。僕竊以為孫氏此說合理，先生所引孫氏說片斷，前後互用「所指稱的事物」與「意義內容」，孫氏論述時不加嚴格區別，謂此二者在古人思維中「合二而一」。而先生則肯定其一，否定其二，嚴其區別，究有何意義？此僕不解先生意者二也。

僕以為，與先生之分歧，實在於「以事為名」之「事」，為正為之造字之語詞所指稱之事耶，為與需要為之造字的語詞所指稱之事物不同之別一事耶？

先生謂許氏許慎六書諸定義中三用「事」字，實為邏輯中同一論證過程內之事，「事」字內涵宜屬同一，固也。三「事」字皆指事物，足矣，此為一大論證過程。而「指事」「本無其字，依聲託事」「以事為名，取譬相成」又為這一大論證過程中各自獨立之三個小論證過程。其「事」究指為造字的語詞所指稱之事物，抑或為與為之造字的語詞所指事物不同之別一事，內涵容有小別。「以事為名」之「事」必與「指事」及「依聲託事」之「事」不同，為許六書定義所決定。「以事為名」之「事」如解成「正為之造字之語詞所示事物」，則必蹈孫氏以「名」為形符之舊跡，而與「名為聲符」之說無緣矣。

（下闕）

陳朋先生第七函（1996.10.23）

金壁先生：

您好！

九月十九日第六次賜教函，早在國憂次日奉悉。自三月十八日以來，時奉明誨，受益良多，甚謝至感。以居室擴建，陽臺拆卸，庖廚絕用，下臨無地，

更有攪拌機、電鑽鋸八音齊奏，淺學不文之筆，艱於作覆竟篇，遲遲未能報命，請加容宥是幸。

　　茲勉力瀆陳獻疑，即祈教正。

　　先生每賜函，俱論及「以事為名」。或概說四字含義，如「用其他事物（的字音）作為字音」（三月大札）「『以事為名』強調『以內涵不同之他事物（之字）為聲符』」（四月十四日大札）「『以事為名』者，以某事物（之語音）作為所造字反映事物之語音也」（五月十五日大札）以下三處，則是就「『事』指什麼？」的角度說的：

　　　　事，為與該形聲字反映事物不同之別一事。（七月十五日函）

　　而「形聲」一書「以事為名，取譬相成」之「事」，……非指「需要為之造字的那個語詞所指稱的事物」，而是指與「需要為之造字的那個語詞所指稱的事物」不同之別一事。（八月六日函）

　　「以事為名」之「事」必指「與需要為之造字之語詞所指稱事物不同之別一事」，而非指……（九月十九日函）

　　以上所引述表明，先生強調「別一事」之「別一」性質。愚意則竊以為，許曰「以事」而解為「別一事」，慮有未安。試以此「事」字與「人」字相較，差別顯然。「人」有「別人」義項，如《論語·衛靈公》：「躬自厚而薄責於人，則遠怨矣。」《禮記·大學》：「人之視己，如見其肺肝然。」可是，「事」則未見有「別一事」義項。

　　先生以「江、河」為例說「以事為名」時，或直接表明聲符與「江、河」同音，如九月十九日大札云：「古人欲造『江、河』之字，即以與『江、河』同音之『工、可』為其聲符，取『水』為譬以成『江、河』之字。」或間接表明，如先生《何謂「以事為名，取譬相成」》：「以『江、河』字為例，事指工可（工可為二事，江河則為另二事），江河古同工聲可聲，即以工、可為其名（指字音，即聲符）。」可是，在概括表述「以事為名」時，則僅舉出「他」「其他」「某」等冠於「事物」二字之前而不提此諸事物與「造成後之形聲字所反映之事物（即正為之製字的語詞所反映之事物）」同音這一至關重要之性質。僕謝不敏，實未能曉。

　　先生力主「以事為名」之「事」，……非指「正為之造字的語詞所指稱的事物，而是異於此事物之別一事。根據先生前後所論，頗覺似是從聲符表形

聲字音角度釋「以事為名」。愚見則以聲符之一定的假借性質為重，注意聲符的「為人作嫁」。「江、湖」（金壁按，當作河）之由「工、可」表音，「湖、泊」之由「胡、白」表音，皆由於不同事物需要為自己制作書面表達形式使然。「工、可」二字以分別與「江、河」二事物同音的條件，應「江、河」二事物之需而進入「江、河」二字的構形；「胡、白」二字以分別與「湖、泊」二事物同音的條件，應「湖、泊」二事物之需而進入「湖、泊」二字的構形。「工、可、胡、白」實分別代表「江、河、湖、泊」四事物表音。自形聲字而言之，自可稱以「工、可」等聲符為自己之字音，但亦可稱以「江、河、湖、泊」四事物之語音為形聲字自己之字音。形聲字之字音，即形聲字之「名」。「江、河、湖、泊」未造成形聲字以前，只存在此四種事物及其之語言形式——四個詞；製成「江、河、湖、泊」四形聲字以後，自然可以說它們皆以聲符為名，但亦可以說此四形聲字皆以各自所反映事物之語音為名，不過是假乎於聲符罷了。象形，可以畫形；指事，可以符號示意；會意，可以使從形聲字中悟出；假借，正是純粹借字表音；形聲，正是向假借字學來而有有所發展，至少很多字可以如此看。各種造字方法之出現，自然非刀砍斧劈的截然分段，但亦並不廢大致的區分。不佞無力論列大問題，偶述及時彥之說而已。

受「名」為聲符明誨以來，頗欲貫通「以事為名，取譬相成」八字訓釋，因於今春上書先生几右求教。囿於學力，語或未周。重煩清神，再申謝意。悖謬失實，懇請加以教正。不宣所懷，即候

撰祺

陳朋　拜上

一九九六年十月二十三日

富金壁答陳朋先生第七函（殘）

陳先生：

您好！

先生第七函十月末奉悉。適逢一事，催促甚迫，狼狽萬狀，今日甫能蕆事，勉強塞責。而先生大函竟束之高閣逾月矣。愧怍之情，自不必述。萬望先生海涵，幸勿見責。

先生此函，大率以三事見教。僕竊不遜，略陳固陋，以就正於先生。

一、僕謂「以事為名」之「事」，必指與「需要為之造字之語詞所指稱的事

物不同之別一事」，而非指需要為之造字的那個語詞所指稱的事物。而先生謂「事」解為「別一事」，於義未安。

在具體之語言環境中，一詞有與中心義相關聯之不同解釋，乃自然、合理、常見之語言現象。「人」固可以指別人（如先生所舉例），亦可以指自己：「下針，言：『當引某許。若至，語人。』」（《三國志‧華佗傳》）又《世說‧忿狷》：「冷如鬼手馨，強來捉人臂。」「事」亦如之，指此事，亦可指彼事。司馬遷《報任安書》：「事已無可奈何，其所摧敗，功亦足以暴於天下矣。」「事」指李陵戰敗降敵之事。而下文：「悲夫，悲夫！事未易一二為俗人言也！」「事」則指己無端受辱之事。他人乎，己我乎，同而為人；此事也，彼事也，不離其事——先生又何疑哉？

二、先生謂僕述「以事為名」，有時強調被造字必以與己內涵不同之他事物（之字），為聲符，有時則僅以「其他」等字冠於「事物」之前，而不提及此事物之字與被造字同音這一性質。僕不敏，未能確記。僕竊念之，唯憶先生令僕說，何為「以事為名」，復令僕說「以事為名」之「事」究何所指。僕釋「以事為名」，必述及形聲字聲符與該形聲字同音；如釋「以事為名」之「事」究何所指，則僕必謂此「事」為與該形聲字所反映事物不同之別一事矣。此時僕意在強調形聲字聲符反映之事物為與該形聲字所反映事物不同之別一事，故此處不強調二事同音，因同音之性質已述於前矣。正如人問：「何謂以銅為鏡？」復問：「以銅為鏡之銅為何物？」二者答案側重不同，亦無足怪也。

三、僕謂「以事為名」之「事」非指正為之造字的語詞所指稱之事物，而必指異於該事物之別一事，而先生則謂「此『事』指正為之造字的語詞所指稱之事物」。僕以為依先生之語，於具體之形聲字難以解釋。以「江、河、湖、泊」四形聲字具體而言之，何為『事』？孰為「名」？依先生近札：「自形聲字而言之，自可稱以『工、可』等聲符為自己之字音，但亦可稱以『江、河、湖、泊』四事物之語音為形聲字自己之字音。」僕竊以為先生前句是而後句（但書之後）非，理由如次：

1.「以事物之語音為形聲字自己之字音」，萬事萬物無不有自己的語音，又何者不以自己的語音為自己之字音？許慎何獨以此說形聲字？日、月，象形字；本、末，指事字；休、息，會意字——皆有自己的語音，亦即自己之字音。許慎何獨以「以事為名」說形聲字？歸根結底，象形字、指事字、會意字中皆

無表音成分，唯形聲字中有之，即聲符，故許慎「以事為名」之「事」必指聲符。

2.（以下闕）

陳朋先生第八函（1998.11.22）

金璧先生：

你好！

頃奉得先生近示，欣忭莫名。今年三月目疾轉劇以來無此樂矣。賤恙醫稱潰瘍性瞼緣炎，極難根治，以眼皮紅腫、眼眶內排膿為特徵。讀書讀報尚須奮力，以視先生之偃遊學術之林，雲泥相懸，何深企慕！

前年承不吝珠玉，錫以明誨以來，多蒙眷注，至感深謝。今又悉先生於不佞問業呈涵存篋不棄，尤增慚悚。

前與先生通訊，於拙函偶有存稿。今檢得九六年六月二日及同年七月二十九日兩件，複印上寄先生，不識有當尊意否？前陳諸函，慮多有語拙未周之處，於茲再致歉意。

形聲字定義中「事」字義訓問題，不佞迄未或忘。先生曩謂「以事為名者，以某事物（之語音）作為所造字反映事物之語音也。」又曾謂「事為與該形聲字所反映事物不同之別一事」。

今先就前一句為說。例如湖泊字以狼跋其胡之胡為聲符。狼跋其胡之胡，對表示一種水域之湖泊自然是別一事物；但造形聲字時是用這胡的語音來作為湖泊字的語音的。在這裡「某事物」與「所造字反映事物」二者確是互為別一事物的。可是，試問誰來決定狼跋其胡的「胡」而不用狼跋其胡的「其」或「狼」的？答案自然只能是正為之造字的語詞之語音。用現在的音表示，即 hú。而這 hú 恰好是正為之造字的語詞之名。可見「正為之造字的語詞」所反映的才是真正事物才是真正決定「以事為名」的「名」，即聲符的。所以不佞願從孫雍長先生所論，六書定義中三「事」字同為指正為之造字的語詞所反映的事物。至孫先生解形聲字定義，則未敢苟同。

至於「事為與該形聲字所反映事物不同之別一事」一語，想係先生以此中第一事字為形聲字聲符所反映之事物，因而作此表述。恐與許氏「以事為名」中「事」所指不同。形聲字聲符，乃形聲字創制過程中，為一定目的、按一定

標準、經一番選擇工夫擇定後之產物。一定目的，即表達待造字語詞之語音；一定標準，即與待造字語詞自己同音（或音近）；一番選擇，其主要内容是尋求一字作聲符。此一擇定之聲符，自然有其自身所反映的事物，且必然異於待造字語詞所反映的事物。

六書定義，誠然為許氏歸納工夫之所得。然其中實含探求造字方法之性質。愚意許於形聲定義當不至於僅就聲符已定之後，作「形聲字以聲符所反映事物之語音為該形聲字之語音」一類語也。

不佞愚蒙，又肆瞽說，幸加曲宥為盼。

先生已發表新作《關於新發於冊》，不佞估計不久可能借得。如確刊於1987年《古漢語研究》二月號，則深恐索借為難。此次先生賜函中注該文為1987年2月號，竊疑8是否為9之草誤。拜讀後有未能領會處，自當修函請教。

綿陽前年即有城市人口六十多萬，發展甚速。不佞通訊處，早更為「體運村路 xx 號」，原有現代化鋼板索橋已不復存在，原橋址已成一環路之一部分，新橋面大車四車道，小車道在兩旁。來綿陽多年，作為市民，與有榮焉。

氣候多變，祈多珍攝。不盡意。即頌

撰祺

陳　朋
一九九八年十一月二十二日

寄呈九六年六月二日拙函覆印件。首頁中幅「殆即指……」一語。今已知實為當時不符先生實際之估計。

富金壁答陳朋先生第八函（1998.12.4）

陳先生：

您好！

得奉近函，驚喜莫名。方致上函於先生之時，確曾抱一絲朦朧的希望：或許先生偶有存稿，然實未敢奢望。詎料先生果真以原信之複印件見賜，幸甚！先生為學行事之嚴謹認真，可見一斑，令人欽敬！先生偶患小恙，自當尋訪名醫，堅持用藥，必當痊癒。

關於對許慎形聲字定義之理解，僕前之表述（以事為名者，以某事物之語音作為所造字反映事物之語音也），確有不周嚴處，易引起誤解，似乎倒果為

因，故先生以「湖」字為例，謂「湖」之所以用「狼跋其胡」之胡為其聲符，由「湖」之語音決定。此誠如先生所言，謂「正為之造字的語詞所反映的事物才是真正決定『以事為名』的『名』，即聲符的」，亦言之成理，因形聲字必用與己同音之字作為聲符。但如謂「正為之造字的語詞所反映的事物」即為許慎「以事為名」句中之「事」，則僕竊以為未可。理由如次：

首先，凡言「以某為某」，兩「某」必有某種同一關係。以「湖」字為例，「以事為名」之「事」，只能是「胡」而不可能是「湖」。因「名」指字音已無疑義，而這字音在形聲字中以聲旁來體現。故「以事為名」者，就「湖」字言之，以「胡」為聲旁也。

其次，許慎六書，非為造字所設之準則，乃總結字體結構（或用字）之規律。自讀字之角度言之，江、河、湖、海之字，第知其為形聲字，雖不識之，亦能讀出其音，即由知其「以事為名」，即其字以工、可、胡、每為名也。

再次，六書中「指事」之「事」，假借之「依聲託事」之「事」，與形聲之「以事為名」之「事」，雖同為「事物」之義，但不必同指「正為之造字的語詞所反映之事物」。因「指事」之「事」，假借之「依聲託事」之「事」，均指字之整體；而形聲字定義之「以事為名」，僅指字之半體──聲旁。且「江、河、湖、海」之字，謂其以「工、可、胡、每」為名（聲旁，代表字音）則可，謂其以「江、河、湖、海」為名則不可。

今臆測之，於文字產生之先，古漢語中固多同音之詞；於文字產生之初，多象形、指事之字；而較複雜、較抽象之義乃以假借之法代之，所謂「本無其字，依聲託事」，如以匚（容器）為匡正之匡，以然「（燒）為當然之然。形聲字為較複雜之造字法，依思維規律自簡單而複雜論之，當為晚出；形聲字在文字發展中呈較多之勢，亦是事實。形聲字之聲旁，亦多以象形、指事之字為之（所謂「以事為名」，如江河之字，以工、可為其名；較複雜之形聲字，可以以較簡單之形聲字為其名，如「湖」之以「胡」為名）。故愚意以為，形聲之法當為假借之法之高級階段，當造字之初，形聲字往往以其聲旁表示，即採用假借之法為之。如以父為斧、以干為岸、以刀為舠等。後為加以區分，使文字減少混淆，方用形聲之法，以「父、干、刀」為名，取「斤、屵、舟」之譬以相成。如承認形聲字所代表之事物與該形聲字之聲旁（如湖之與胡）為不同之事物，又謂「以事為名」之「事」當理解為「正為之造字的語詞所反

映的事物」，則「事」之與「名」（具體體現為湖之與胡）又不免有同一性矣：非為二事，乃一事也。是僕所以不敢苟同於孫雍長先生及先生之論也。

今試將形聲字定義重新表述如下：「以事為名者，以與形聲字同音之字作為該形聲字之聲旁；取譬相成者，取與該形聲字字義相類或有關之事物作譬喻，以成所造之字。」不知先生以為何如？

不揣謭陋，妄發議論，不當之處，敬祈先生教正。

北方已大寒，冰封雪覆，多感冒者。然僕尚頑健。望先生珍攝，及早康復。

即頌

大安

富金壁

一九九八年十二月四日

上信謂《古漢語研究》，確為一九九七年第二期，非八七年二月號。粗心致誤也。

陳朋先生第九函（1999.1.4）

金壁先生：

你好！

距先生最近賜書，恰一周月，稽延不報，先請加宥是幸。

賤恙雖託福粗得遏止發展勢頭，然未能根治，且獨有餘波，亦費時間奔走。久未上覆，此亦細因。先生不憚煩勞，殷殷見教。探本溯源，深入剖析，受益良多，謹致謝意。

承不棄，獨有請者一二。

斧、岸、舠諸字未制以前，早有父、干、刀以代用面貌出現，而後加意符斤、屵、舟。恐不能與湖字一概同論（不佞寡識，未見以胡代湖例）。竊以為浩、湖、茅、寄等字，殆可稱「為名」「取譬」，一次成形。而斧、岸等則不可。當然，同有假借因素，但性質究有不同。揆許氏受時代限制，殆不足以知此。推先生謂以事為名之「事」在湖字則當為聲符胡之理，則在茅、寄必為矛與奇。此胡、矛與奇，皆須按一定條件選取而來，而斧、岸、舠之父、干、刀則不須選取而早已存在。此須選與不須選、如何選、選之目的，皆非以「工、可、胡」為「以事為名」之「事」所能明者也。

先生論以事為名之事異於指事之事與依聲託事之事，有整體半體之別，僕以為此見由以以事為名之事為聲符所記錄詞語所反映之事物而來。若如不佞

在此問題上所奉孫先生說，則無此語矣。「畫成其物」中之其物，正為之造字之語詞所反映事物也；「指事」之事，正為之造字之語詞所反映事物也；依聲託事之事，正為之造字之語詞所反映事物也。以事為名之事，何獨不然？

　　先生駁段氏，指出其理解「以事為名」之「名」字有誤，論名字指字音，不佞欽佩論之義精闢，衷心信從，舍從來不曾疑段之學習態度，而遵先生名為字音之論，以求八字得圓通愜心之解，是以上書先生求教。屢荷明誨，所獲良多。唯於「事」字含義與先生相違。為報高誼隆情，不敢有隱避。先生新為形聲八字表述，自屬詳明，但似乎偏於做法，頗略於揭示內在義蘊。愚見如此，不知先生肯恕其狂悖否？鄙意以為八字中「名」為形聲字字音，聲符字代正為之造字語詞效勞耳。此解當否，請加教正。

　　文字之交，時再逾歲，竊不自量，加以塵務亦加牽制，有失恭敬，萬望曲宥。惶恐付郵，謹祝

年禧

陳　朋

1999.1.4

富金壁答陳朋先生第九函（1999.2.22）

陳先生：

　　您好！

　　先生一月四日之賜書已奉悉一月有半矣，此期間適值公私多事：課程結束、考試、假期自考授課，兼有其他雜務，又兼妻因婦科病手術住院，陪住護理，此後又須常去獨居之老母家，奉陪作伴，庸庸碌碌，略無寧日。而先生大函又非可草草作答者，故姑束之高閣。然每憶及，如負重逋，非敢遷延不恭也。望先生恕罪。

　　蒙先生數賜函，指斥拙見之缺欠，不勝感激。今與先生之分歧，蓋在於以事為名之事，為指形聲字所代表之事務歟，抑或指聲符所代表之事物歟？先生謂指事之事，畫成其物之物，皆指為之製字之語詞所反映事物，以事為名之事，何獨不然？愚謂此亦無足怪也。依聲託事為以同音之字代另一事物，當然指事物整體；畫成其物之象形字與指事字皆表示整體意義，所謂「獨體為文」，故其表述文字中之「物、事」亦指該字語詞所代表之事物。而形聲與會意皆為合體，所謂「合體為字」，其表述文字亦闡述該合體字之各個組成部分：以形聲

字言之,則以事為名說其聲旁,取譬相成說其形旁。以事為名,以與形聲字義不相干之另一事作形聲字之名(此不計形聲兼會意及其他聲符表義之情況);取譬相成,取與形聲字義有關之另一事作形旁——以造成該形聲字。聲符與形符顯為不同之二事,「以事為名」當指前者。固然,形聲字所代表之事物為與聲符、形符皆不同之另一事(合而言之則為三事矣),而許慎形聲字之定義未嘗不及之矣——相成者,成此形聲之字也。許氏說會意之理亦與形聲同:比類合誼者,比併其不同事類而合其誼(義),方見造字之指撝。「比類」之「類」,亦不指會意字所代表之事物,而指會意字不同之形符。

總而言之,今與先生關於形聲字定義之理解大旨既同,小異存之可也。心如人面,豈可盡同?今憶與先生魚雁往復,已逾二載,既無幸仰望風采,又少言己私事,感觸良多。如天賜良機,必當登門聆教。遙祝

大安。

富金壁

1999.2.22

寄上拙照一張,為去歲十月遊滇所攝也。

陳朋先生第十函(1999.3.14)

金壁先生:

你好!

萬分抱歉,延至今日,竟只能作此寥寥數語的覆書,只有懇乞原宥而已。

上月二十五日即已奉得大札及玉照,既悉先生近況,尊府上夫人欠安,又得有幸一睹學人風采。欣忭曷勝,倍增光寵。原擬撿較近期拙照奉寄左右,孰知以種種原因,未能如願。於是擬在市內名勝之區,包括別有情趣的街頭花園新攝一影上達,誰知往日極方便、數量極多的拍照攤點,由於綿陽一帶大規模市政建設,變動甚大,竟又失所望。再加以其他近於訟事,塵務相率,以致遲遲未能裁箋申紙,遂至於今。三月十二日得有機會在三國名勝景區之尤的富樂堂公園拍了一幀,但須二十二日始得取像。於是決心先呈一小箋,以示敬意。稍容時日,取得照片,更行函寄。

先生學術中人,本不至於留心於照片。然區區此心卻不敢草草從事,請加諒察。

形聲字定義有分歧事,誠如先生所示,姑存之而論同,而後猶有請教機會。

不佞讀先生「名指字音」高論，深敬先生思深慮密，無異「盡棄其學而學焉」。忝在交末，愧承不棄，而在此間求讀先生新著論「新發於硎」而不得。如蒙不棄，肯惠然以論點見示，不勝感激。臨書神馳，因風寄候。敬頌

撰祺

　　　　　　　　　陳朋　拜上一九九九年三月十四日

字跡潦草，並請不加罪責是幸。

富金璧答陳朋先生第十函（1999.4.11）

陳先生：

　　您好！

　　先生三月中旬所賜函已收悉。因料先生不日即以玉照見惠，故未即覆信。而迄今未得望見。念先生關注僕關於「新發於硎」之拙見，故將拙文複印寄上（附謝質彬先生文），敬請教正，而不待先生所許附照之函寄達也。

　　晚生才疏學淺──此自評之語發自至誠，非敢謬為客套以瀆先生之目──唯盼勤以補拙，千慮之有一得。蒙先生不棄，千里馳書以匡其所不逮，晚生得識大雅，奉其教而益開其眼界，不啻河伯之得睹東海，亦何幸也！先生過謙而謬賞之語，晚生實不敢當。

　　近日偶檢《御覽》，於某卷中赫然而見先生一函，宛然如新，即僕前稱失之而浼先生複印者，乃且喜且自責，寶而藏之。今以告先生，亦以明僕於先生筆墨，雖容有一時之疏忽，原不敢輕棄而褻瀆之也。此頌

春祺

　　　　　　　　　　　　　　富金璧　謹上

　　　　　　　　　　　　　　　1999.4.11

陳朋先生第十一函（1999.3.29）

金璧先生：

　　您好！

　　奉得大札及玉照以後，曾呈一函，想已達尊覽久矣。近日不佞已取得三月十二日在此綿陽富樂堂所攝小照，隨函寄上，祈即檢收是荷。

　　關於形聲定義中「事」字的理解問題，謹遵先生上次賜函所示，求同存異可也。惟語及求同，實出於至誠，出自五內，當感謝先生「以事為名」當指字

音、「以事為名」當指聲符之論出不佞於一向堅信段說之迷霧之賜，謹致謝忱。

春寒料峭，望多為學術珍攝。順侯

闔府納福

陳朋　拜上

一九九九年三月二十九日

後記

此後，筆者與陳先生書信不斷，學術家事，無所不談，歡若至親，唯恨相交之晚。後筆者遂有綿陽之行，得遂拜見先生之熱望。詎料一面之後，即成永訣！今檢閱其舊函，慨歎其說理精密，文采爛然，情辭懇切，謙恭遜讓，誠飽讀經史之老師宿儒研討學術之大家風度也。爰簡其質疑商榷之來函十一通（附筆者作答之函），臚陳如上，俾後之學者想望陳老先生生前風采，兼寄筆者緬懷先生之深切情意焉。

傳統文化中的幾個認識誤區
（讀《中庸》札記）

誤區一：認為孔子提倡的中庸（或稱中庸之道）是一種調合折衷、毫無原則的思想方法

有兩個典型的例子。

一是張錫厚的《王梵志詩校輯》（中華書局，1983，第 18 頁）前言：「有一首詩這樣寫道：『他人騎大馬，我獨跨驢子。回顧擔柴漢，心下較些子。』……生動地反映出騎驢的人那種比上不足、比下有餘、甘居現狀的中庸思想」。二是一位重要領導人內部講話稱：「xxx 推行了極左路線，我們沒有反對他，犯了中庸的錯誤。」（大意如此）應該說，這種看法代表了多數人對「中庸」的理解。

《漢語大詞典》「中庸」條列四個義項：1. 儒家的政治、哲學思想。主張待人、處事不偏不倚，無過無不及。《論語・雍也》：「中庸之為德也，其至矣乎。」何晏集解：「庸，常也，中和可常行之道。」唐柳宗元《祭呂衡州溫文》：「泊乎獲友君子，乃知適於中庸，削去邪雜，顯陳直正。」明姚士麟《見只編》卷中：「但恐違中庸，行怪不可率。」李大釗《民彝與政治》：「判其曲直，辨其誠偽，校其得失，衡其是非，必可修一中庸之道。」2. 指平庸、妥協、保守、不求上進。魯迅《華蓋集・通訊》：「惰性表現的形式不一，而最普通的，

第一是聽天任命，第二就是中庸。」3. 中等；平常。《荀子‧王制》：「元惡不待教而誅，中庸民不待政而化。」北齊顏之推《顏氏家訓‧教子》：「上智不教而成，下愚雖教無益；中庸之人，不教不知也。」唐劉知幾《史通‧品藻》：「上智、中庸等差有敘。」4. 指中等、平庸的人。《文選‧賈誼〈過秦論〉》：「材能不及中庸。」李善注：「言不及中等庸人也。」《晉書‧高光傳論》：「下士競而文，中庸靜而質。」清俞樾《茶香室續鈔‧三階》：「言人有三等，賢、愚、中庸。」

前所述張錫厚及某重要領導人對「中庸」的理解，自當屬於第二義項：「指平庸、妥協、保守、不求上進。」可是，就二者而言，他們（尤其是那位重要領導人）極可能認為，孔子所提倡的「中庸」思想，就是「指平庸、妥協、保守、不求上進」，此大誤解。眾所周知，我們經過了一個國學經典的文化斷層時代，經歷過對孔丘的不公平的批判。這種對孔子所提倡的「中庸」的誤解應該是十分普遍的。

看孔子本人的原話和《中庸》的闡釋吧：

《論語‧雍也》：「中庸之為德也，其至矣乎！」難道被孔子視為至德的品質，就是「平庸、妥協、保守、不求上進」？顯然是荒謬的。《中庸》引孔子曰：「中庸其至矣乎！民鮮能久矣！」指一般人難以施行「中庸」。又：「君子中庸，小人反中庸。」明確說明中庸是君子之道，反中庸是小人之道。

《中庸》引孔子曰：「道之不行也，我知之矣：知者過之，愚者不及也。道之不明也，我知之矣：賢者過之，不肖者不及也。人莫不飲食也，鮮能知味也。」「舜其大知也與！舜好問而好察邇言，隱惡而揚善，執其兩端，用其中於民，其斯以為舜乎！」從中可知，「中庸」即既不過，又無不及，恰當中正；「執其兩端，用其中於民」，也即避免過與不及，而採用中道（《論語‧先進》：「子貢問：『師與商也孰賢？』子曰：『師也過，商也不及。』曰：『然則師愈與？』子曰：『過猶不及。』」）

避免「過」與「不及」而施行中道，不是容易之事：「民鮮能久矣」，智者「擇乎中庸，而不能期月守也」。而若「過」與「不及」，後果嚴重到如「驅而納諸罟擭陷阱之中」。此非危言聳聽，試問政治極左極右給國家人民造成的危害，不是觸目驚心嗎？成百萬上千萬普通人之非正常死亡，非「驅而納諸罟擭陷阱之中」乎？

而要堅持「中庸」，不但要有卓越的識見，而且還需要有捍衛真理的決心和超人的勇氣。所以孔子說：「天下國家可均也，爵祿可辭也，白刃可蹈也，中庸不可能也。」──可以平治天下國家、辭去高官厚祿、敢於赴湯蹈火的人，也難以做到中庸，更遑論那種「袵金革，死而不厭」的一勇之夫了。只有那些「和而不流、中立而不倚」「國有道，不變塞焉，……國無道，至死不變」的「強哉矯」者，才能做到「中庸」（按，塞，讀如寒。《說文・心部》：「寒，實也。《虞書》曰：『剛而寒。』」今《尚書・皋陶謨》作「剛而塞」）。孔子此言，亦非不實：試問當邪政橫行、生民塗炭之時，有幾人能「和而不流、中立而不倚」，堅持中庸，力挽狂瀾？

那麼，中庸就那麼高不可攀、難以企及嗎？不，孔子說：「道不遠人，人之為道而遠人，不可以為道。《詩》云：『伐柯伐柯，其則不遠。』執柯以伐柯，睨而視之，猶以為遠。故君子以人治人，改而止。忠恕違道不遠，施諸己而不願，亦勿施於人。」凡是不能理解、堅持中庸的，都是沒有做到忠恕，未理解「己所不欲，勿施於人」。那些「寧要社會主義草、不要資本主義苗」的人，餓他三天，看他還要堅持「社會主義草」麼？

可見，孔子所提倡的中庸是中華傳統道德中一種十分可貴的品質，是科學的思想方法，只有具備高深素養的賢者才可能具備，一般人是難以企及的。

誤區二：認為「天人合一」是合理的

「天人合一」是我國哲學中關於天人關係的一種觀點，認為「天」有意志，人事是天意的體現；天意能支配人事，人事能感動天意，兩者合為一體。這其實是一種站不住腳的錯誤觀點。

這種認識的思想基礎是迷信。古人早就認為，天地山川萬事萬物皆有神。天有天神，或者認為天就是神。這個神就是天帝，或曰上帝，或直稱為天。它既是神，就有意志，有所作為。而古代帝王懂得，尊崇天神，對強化自己的無上地位和權利是有利的：天神是天上的統治者，帝王就是天子，是代表天的人間統治者，自然應該榮膺上天之寵命，秉承其旨意，接受其輔佐，所謂「君權神授、替天行道」。這種觀念會極大地提高君權的神聖性質，更遑論其合法性了。於是成為權威的官方認識，又經過官方的鼓吹貫徹，蒙蔽了無知的愚民，從而成為整個社會公眾的認識。《尚書・皋陶謨》說：「天工，人其代之。天敘

有典，敕我五典五惇哉（五典：五常，父義、母慈、兄友、弟恭，子孝）！天秩有禮，自我五禮有庸哉（五禮：公、侯、伯、子、男五等爵位）！同寅協恭和衷哉！天命有德，五服五章哉（五服：天子、諸侯、卿、大夫、士五等服飾）！天討有罪，五刑五用哉（五刑：墨、劓、荊、宮、大辟）！政事懋哉懋哉！」「天聰明，自我民聰明。天明畏，自我民明威（天聰明、英明而可畏皆由君王來體現）。」

這種天有意志、上帝任命君王、君王膺受天命之說，在古老的《詩經》中亦多有體現。如《大雅·文王》：「文王在上，於昭于天。周雖舊邦，其命維新。有周不顯，帝命不時。文王陟降，在帝左右。……穆穆文王，於緝熙敬止。假哉天命，有商孫子。商之孫子，其麗不億。上帝既命，侯于周服。侯服于周，天命靡常。……永言配命，自求多福。殷之未喪師，克配上帝。宜鑒于殷，駿命不易！命之不易，無遏爾躬。宣昭義問，有虞殷自天。上天之載，無聲無臭。儀刑文王，萬邦作孚。」意思是說，周朝代殷君臨天下，是上帝之命，正如當年殷曾受天命一樣。又《大雅·皇矣》：「皇矣上帝，臨下有赫。監觀四方，求民之莫。維此二國，其政不獲（二國，即上國，指殷。當時周是殷屬下的諸侯國。上，古作二，遂誤為二）。維彼四國，爰究爰度（四國，指殷屬下的各諸侯國）。上帝耆之，憎其式廓（上帝愛周而增其疆域規模）。乃眷西顧，此維與宅（謂天意常在周文王處）。」

我們應該注意到，在《中庸》以前，老子只講「四大、法天」：「故道大，天大，地大，王亦大。域中有四大，而王居其一焉。人法地，地法天，天法道，道法自然。」（法，效法）孔子說「則天」（學天、效法天），《論語·泰伯》：「子曰：『大哉！堯之為君也。巍巍乎！唯天為大，唯堯則之。蕩蕩乎！民無能名焉。巍巍乎！其有成功也。煥乎！其有文章。』」「效法天」「則天」是模仿天的某些特徵。《易·乾》「象」也說「天行健，君子以自強不息」，就是說天（宇宙、自然）的運行有「剛健」的特徵，君子可以效法之而自強不息，並不說天有此性格。孟子談到「知天、事天」，《孟子·盡心上》：「孟子曰：『盡其心者，知其性也。知其性，則知天矣。存其心，養其性，所以事天也。夭壽不貳，修身以俟之，所以立命也。』」事天，完全可以理解為「適應自然規律」。

至於《禮記·中庸》，則賦予「天」以意志，講君王必須具備的品質與思想方法時，突出強調君王要秉承天命，遵從天命，幫助天化育萬物，達到與天同

樣偉大，從而成為天神之陪伴者而永遠被天下人祭祀、頂禮膜拜的思想，首創了「天人合一」的觀念：

> 天命之謂性，率性之謂道，修道之謂教……喜怒哀樂之未發，謂之中；發而皆中節，謂之和；中也者，天下之大本也；和也者，天下之達道也。致中和，天地位焉，萬物育焉——強調「致中和」是帝王膺受的天命。

> 故天之生物，必因其材而篤焉。故栽者培之，傾者覆之，《詩》曰：「嘉樂君子，憲憲令德！宜民宜人；受祿于天；保佑命之，自天申之！」故大德者必受命——謂有大德之帝王從天承受福祿。

> 誠者，天之道也；誠之者，人之道也。誠者不勉而中，不思而得，從容中道，聖人也。誠之者，擇善而固執之者也——謂聖人（包括君王與孔子之類先師）要體現「誠」的天道。

> 唯天下至誠，為能盡其性；能盡其性，則能盡人之性；能盡人之性，則能盡物之性；能盡物之性，則可以贊天地之化育；可以贊天地之化育，則可以與天地參矣——謂只有修養成為天下至誠的人，才能助天行化，才能與天地相配（共同接受下民祭祀膜拜）。

> 仲尼祖述堯舜，憲章文武：上律天時，下襲水土。闢如天地之無不持載，無不覆幬，闢如四時之錯行，如日月之代明。萬物並育而不相害，道並行而不相悖，小德川流，大德敦化，此天地之所以為大也——謂孔仲尼即是與天地同樣偉大的聖人。

> 唯天下至聖，為能聰明睿知，足以有臨也；寬裕溫柔，足以有容也；發強剛毅，足以有執也；齊莊中正，足以有敬也；文理密察，足以有別也。溥博淵泉，而時出之。溥博如天，淵泉如淵。見而民莫不敬，言而民莫不信，行而民莫不說。是以聲名洋溢乎中國，施及蠻貊；舟車所至，人力所通；天之所覆，地之所載，日月所照，霜露所隊；凡有血氣者，莫不尊親，故曰配天——謂天子向孔子學習，具備如天地溥博淵深的美德，才能獲得天一般高的威望，從而配天。

如果《中庸》真是子思作的，那麼他讚頌聖祖的目的可以說是達到了：他把孔子描繪成了一個貫徹效法天意的聖人，為君王（天子）樹立了學習的榜樣，從

而成為與天一樣偉大的聖王。這也就是「天人合一」。在強調「天意、天命、配天」、從而把天與人（天子與聖人）整合為一體這一點上，子思說法的不科學性超過了先代思想家。

漢董仲舒《春秋繁露‧深察名號》說得尤其玄妙：

> 受命之君，天意之所予也。故號為天子者，宜視天為父，事天以孝道也；號為諸侯者，宜謹視所候奉之天子也；號為大夫者，宜厚其忠信，敦其禮義，使善大於匹夫之義，足以化也；士者，事也，民者，瞑也；士不及化，可使守事從上而已。

按，董仲舒之意，天子視天為父，諸侯視天子為父，以下各級官員直至小民，層層視上級為父、皆對上級盡孝，整個天下豈不服服帖帖、恭敬孝順？把天人關係等同於父子關係，祭天即是「孝享」──一個「孝」字就把天下搞定了！所以自董仲舒之後，漢朝皇帝的廟號，都加一個「孝」字，並且延及後世。晉李密《陳情表》尚說「伏惟聖朝以孝治天下」，信哉言乎！天子以天為父，全民孝順天子，是天人合一，亦即神人合一論的中心內容。

董仲舒又發揮說：

> 人之誠有貪有仁，仁貪之氣兩在於身。身之名取諸天，天兩有陰陽之施，身亦兩有貪仁之性；天有陰陽禁，身有情慾抎（nǐn，搦，抑制）：與天道一也。

這種「天有某，人亦有某」的認識，到西漢時成書的《黃帝內經‧靈樞‧邪客》中得到了極致的發揮：「黃帝問於伯高曰：『願聞人之肢節，以應天地奈何？』伯高答曰：『天圓地方，人頭圓足方以應之；天有日月，人有兩目；地有九州，人有九竅；天有風雨，人有喜怒；天有雷電，人有音聲；天有四時，人有四肢；天有五音，人有五藏；天有六律，人有六府；天有冬夏，人有寒熱；天有十日，人有手十指……歲有十二月，人有十二節；地有四時不生草，人有無子：此人與天地相應者也。』

可以說，伯高之語，全是牽強附會。延至後代，這種看法發展得逾加荒唐。《三國演義》八十六回載東吳張溫與蜀學士秦宓辯難：「溫笑曰：『公既出大言，請即以天為問：天有頭乎？』宓曰：『有頭。』溫曰：『頭在何方？』宓曰：『在西方。《詩》云：乃眷西顧。以此推之，頭在西方也。』溫又問：『天有耳乎？』宓答曰：『天處高而聽卑。《詩》云：『鶴鳴九皋，聲聞于天。無耳

何能聽？』溫又問：『天有足乎？』宓曰：『有足。《詩》云：天步艱難。無足何能步？』溫又問：『天有姓乎？』宓曰：『豈得無姓！』溫曰：『何姓？』曰：『姓劉。』曰：『何以知之？』宓曰：『天子姓劉，以故知之。』」秦宓之語，牽強附會，全以西蜀政治立場，為蜀受天眷命而強詞奪理，是典型的詭辯：若依其說，人間走馬燈般改朝換代，帝王們「亂哄哄你方唱罷我登場」，天還隨著各朝「天子」不斷改姓不成？至於另一部同樣廣有影響、膾炙人口的小說《水滸傳》，謂宋江等一百零八梁山好漢上應天上星宿；宋江親受「九天玄女」天書，在他危難時顯靈護佑他，令他「替天行道」；道家仙師羅真人也派其高徒公孫勝入夥，以幻術助宋江立功業、破官軍——「天人合一」之巫術色彩表現得淋漓盡致，而於《水滸傳》這一偉大文學作品中皆為敗筆。

這種「天有意志、天人合一」的認識，常被缺乏科學知識的古人用來解釋災異現象。如以為日食是對君主不道或過失的譴告，月食是對女主淫蕩或干政的譴告，等等。這基本上源於《尚書·洪範》：

> 八、庶徵：曰雨，曰暘，曰燠，曰寒，曰風。曰時五者來備，各以其敘，庶草蕃廡。一極備，凶；一極無，凶。曰休徵：曰肅，時雨若；曰乂，時暘若；曰晰，時燠若；曰謀，時寒若；曰聖，時風若。曰咎徵：曰狂，恒雨若；曰僭，恒暘若；曰豫，恒燠若；曰急，恒寒若；曰蒙，恒風若。

認為自然界的晴雨風寒是否合時適量，與國家政治是否清正或昏暗有直接關係，後世儒家基本信從。如《詩經·小雅·十月之交》就羅列了周幽王時出現的一系列災異現象：

> 十月之交，朔月辛卯。日有食之，亦孔之醜。彼月而微，此日而微；今此下民，亦孔之哀。日月告凶，不用其行。四國無政，不用其良。彼月而食，則維其常；此日而食，于何不臧！爗爗震電，不寧不令。百川沸騰，山冢崒崩。高岸為谷，深谷為陵。哀今之人，胡憯莫懲？

我們在史書中也經常看到，一旦發生災異現象，皇帝便下詔或檢討自己，或向臣下諮詢災變原因。大臣也經常在災異發生時上書勸諫皇帝反省自身過失，或杜絕女主宦官干政等等。他們有的是出於至誠，也有的是借災異嚇唬皇帝：因為捨此之外，對那些不通情達理的君王也別無更有效的其他勸誡辦

法。這都是「天人合一」論得以大行其道的原因。

但是古人也不乏清醒者。其中最突出的，應該數戰國時的荀子。他的《天論》把天人之間的關係講得清清楚楚，是對「天人合一」「天人感應」等認識的深刻批判：

> 天行有常，不為堯存，不為桀亡。應之以治則吉，應之以亂則凶。強本而節用，則天不能貧；養備而動時，則天不能病；循道而不貳（當作貳，即忒），則天不能禍。故水旱不能使之饑，寒暑不能使之疾，妖怪不能使之凶。本荒而用侈，則天不能使之富；養略而動罕，則天不能使之全；倍道而妄行，則天不能使之吉。故水旱未至而饑，寒暑未薄而疾，妖怪未至而凶。受時與治世同，而殃禍與治世異，不可以怨天，其道然也。故明於天人之分，則可謂至人矣。

最可貴者，荀子指出，對國家、人民危害最大者，非「天譴、天罰、天災」，而是人禍，他稱作「人妖」：

> 物之已至者，人妖則可畏也——楛耕傷稼，耘耨失穢，政險失民，田穢稼惡，糴貴民饑，道路有死人，夫是之謂人祅；政令不明，舉錯不時，本事不理，夫是之謂人祅；禮義不修，內外無別，男女淫亂，則父子相疑，上下乖離，寇難並至，夫是之謂人祅：祅是生於亂，三者錯，無安國。其說甚邇，其菑甚慘。

如此觀之，「天人合一」說並非傳統文化的精華，而是糟粕。

誤區三：認為「人亡政息」中「人亡」與「政息」是並列關係

《中庸》此語原文如下：

> 哀公問政。子曰：「文武之政，佈在方策。其人存，則其政舉；其人亡，則其政息。人道敏政，地道敏樹。夫政也者，蒲盧也。故為政在人，取人以身，修身以道，修道以仁。」

孔子之意，雖有周文王、武王治理天下的良策，但行政的關鍵在於賢德之人。這種賢德之人存在，政治就會得以施行；這種賢德之人不存在了，政治也就隨之休止。這是在闡述賢人在社會政治中的重要地位和作用。唐孔穎達疏說：「若得其人道德存在，則能興行政教……若位無賢臣，政所以滅絕也。」而

今之說者則謂「人也不在了，政治也滅絕了」，把「人亡（則）政息」這種假設關係，理解為與「身死國滅」相同的並列結構，這就錯了。